# 神絵師のノート！

## 絵から生まれたモンスター

針とら／作
布施龍太／絵



POPLAR
KIMINOVEL

# あらすじ

タカトは小学《しょうがく》5年生《ねんせい》。
絵《え》を描《か》くことが好《す》き
だったけど、今《いま》は
あまり描《か》いていない。

友達《ともだち》がほしいよう〜

ある日《ひ》、家《いえ》の蔵《くら》で
古《ふる》い絵《え》を発見《はっけん》。
それは、選《えら》ばれると、
なんでも願《ねが》いごとが
かなうという

**伝説《でんせつ》の絵画《かいが》だった!**

タカトはなにかに
導《みちび》かれるように、
絵《え》を描《か》き写《うつ》していく。
すると、光《ひかり》があふれだし——

**1匹《びき》の"画獣《がじゅう》"と**
**なって現《あらわ》れた!!**

# 画《が》獣《じゅう》とは…

画《が》界《かい》から召喚《しょうかん》されるモンスター。
“絵《え》師《し》”と呼《よ》ばれる人《ひと》が
描《えが》き出《だ》すことによって
姿《すがた》をあらわす。ちなみに、
絵《え》師《し》の最《さい》高《こう》峰《ほう》は“神《かみ》絵《え》師《し》”だ！

※絵《え》は人間《にんげん》しか描《か》けません

1枚《まい》のラクガキから、
今《いま》冒《ぼう》険《けん》がはじまる！

# 人《じん》物《ぶつ》紹《しょう》介《かい》

## タカト
《絵《え》上《がみ》孝《たか》翔《と》》

のんびりやの小学《しょうがく》5年生《ねんせい》。絵《え》を描《か》くことが好《す》きだったが、ある出来事《できごと》から今《いま》はあまり描《か》いていない。友達《ともだち》がほしい。

## ウルファ

タカトに描《えが》き出《だ》された人狼《じんろう》の“画獣《がじゅう》”。本来《ほんらい》はかっこいい戦士《せんし》の姿《すがた》だが、タカトの画風《がふう》でかわいくなってしまった。意外《いがい》と単純《たんじゅん》。

## ユーリ
《宇《う》佐《さ》見《み》悠《ゆう》里《り》》

何《なに》を考《かんが》えているかよくわからない不思議系《ふしぎけい》。漫画《まんが》で神絵師《かみえし》になることを目指《めざ》している。

一角《いっかく》うさぎの“画獣《がじゅう》”。キュートな見《み》た目《め》とは裏腹《うらはら》に、金《かね》にうるさい。

## 茶《ちゃ》々《ちゃ》丸《まる》

猛《もう》虎《こ》
人虎《じんこ》の“画獣《がじゅう》”。
きまじめな性格《せいかく》で
義理堅《ぎりがた》い。料理《りょうり》が
得意《とくい》。
スバル
《狩野《かのう》昴《すばる》》
由緒正《ゆいしょただ》しい画家《がか》の家柄《いえがら》。
神絵師《かみえし》になることに
こだわっている。
アリス
タカトの前《まえ》に突然《とつぜん》
あらわれた女《おんな》の子《こ》。
一体何者《いったいなにもの》？

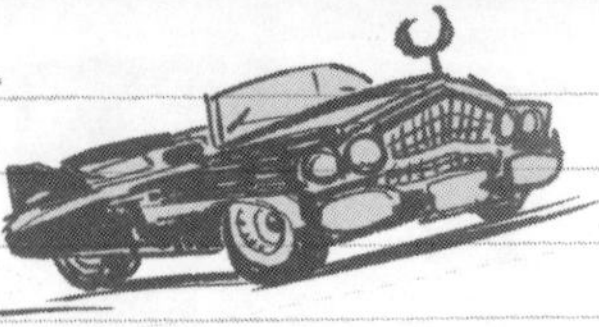

# もくじ

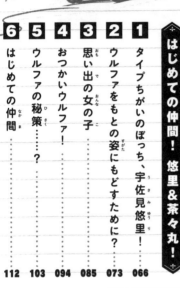

## 第《だい》1話《わ》

# 画《が》獣《じゅう》ウルファ誕《たん》生《じょう》!

KAMIESHI NO NOTE!

# 1 うちの蔵《くら》にある伝説《でんせつ》の絵画《かいが》

なあ、**タカト。**
うちの蔵《くら》にはな。
**伝説《でんせつ》の絵画《かいが》**があるんだぞ。
**『その絵《え》に選《えら》ばれたものは、なんでも願《ねが》いごとがかなう』**
そんな言《い》い伝《つた》えのある、魔法《まほう》の絵画《かいが》なんだ。

この先《さき》、迷《まよ》ったり、壁《かべ》にぶつかることがあったなら。
その絵《え》のことを、思《おも》いだせ。
きっと、力《ちから》になってくれる。きっと、おまえは選《えら》ばれる。
なぜって？　きまってる。
だって、おまえ、**ほんとうに楽《たの》しそうに絵《え》を描《か》くもんなあ**………。

◇◆◇　◇◆◇　◇◆◇

小学校《しょうがっこう》で。
だれもいない教室《きょうしつ》のなかで、ひとり。
校庭《こうてい》からひびいてくる、クラスメイトたちの、楽《たの》しそうな声《こえ》を聞《き》きながら。
ちいさいころに、酔《よ》っ払《ぱら》ったおじいちゃんから聞《き》かされた、そんな話《はなし》を思《おも》いだす。
その絵《え》に選《えら》ばれたものは、なんでも願《ねが》いごとをかなえてもらえる、伝説《でんせつ》の絵画《かいが》の話《はなし》。
もしも。
もしも、そんな絵画《かいが》が、ほんとうにあるのなら……。

**「……友達《ともだち》ほしいよって、お願《ねが》いしたいなあ」**

タカトは、がっくりと肩《かた》を落《お》とした。
昼休《ひるやす》み。
クラスメイトたちは給食《きゅうしょく》を食《た》べ終《お》えると、仲《なか》のいい子同士《こどうし》でつれだって、ダッシュで校《こう》庭《てい》へ飛《と》びだしていき、ドッジボールなんかして遊《あそ》んでいる。

タカトはその輪《わ》に入《はい》れず、教室《きょうしつ》でひとり。

いわゆる、ぼっちというやつだった。

「これだから、転校《てんこう》なんていやだったんだよう〜……」

死《し》んだように、机《つくえ》に突《つ》っ伏《ぷ》す。

**絵上孝翔《えがみたかと》。**

みんなの輪《わ》のなかに飛《と》びこんでいくのが、ものすごくニガテな小学《しょうがく》5年生《ねんせい》。

「タカトくんは、もうすこし積極的《せっきょくてき》になれるといいですね！」通知表《つうちひょう》に書《か》かれる系男子《けいだんし》。

そんなタカトにとって。

「**転入《てんにゅう》してきた学校《がっこう》**」で、

「**すでにできてる人間関係《にんげんかんけい》**」に特攻《とっこう》して、

「**友達《ともだち》をつくる**」だなんて。

レベル1でラストダンジョンに乗《の》りこみ、**ラスボス**に挑《いど》むのとおなじようなものだ。

「できないよ〜。年度途中《ねんどとちゅう》に引《ひ》っ越《こ》してきて、いまさらまぜてなんて、いえるわけないじゃないかあ〜……」

頭《あたま》をかかえて、うめき声《ごえ》をあげる。
転校《てんこう》してきてからの休《やす》み時間《じかん》、ずっとこうして、しょんぼりとすごしているのだった。
「しかたない……。もう、宿題《しゅくだい》でもやっちゃおう……」
はああっとため息《いき》をつき、気《き》をとりなおしたように、机《つくえ》をがさごそと探《さぐ》る。
**『落《お》ちこんでもいい！　でも、ひきずらないこと！』**
絵上家《えがみけ》の、**１０８ある家訓《かくん》**の１つなのだ。
ことんっ。
机《つくえ》から、**ボロボロのノート**が１冊《さつ》、ころがりおちた。
ひらかれたページに描《えが》かれた、たくさんのラクガキが目《め》に飛《と》びこんでくる。
**――好《す》きな小説《しょうせつ》の、キャラクターのイラスト。**
**――図鑑《ずかん》に載《の》ってた、剣《けん》と盾《たて》の模写《もしゃ》。**
**――電車《でんしゃ》。飛行機《ひこうき》。車《くるま》。ティラノサウルス。トリケラトプス。織田信長《おだのぶなが》。**
**――謎《なぞ》の魔法陣《まほうじん》。あやしい迷路《めいろ》。おどるガイコツ。へのへのもへじ。etc《エトセトラ》……。**

そのノート、名《な》を〝**自由帳**《じゆうちょう》〟という。
そんじょそこらのノートとは、わけがちがう。
偉大《いだい》なる〝**自由**《じゆう》〟の2文字《もじ》を冠《かん》された、特別《とくべつ》なノートなのだ。
勉強《べんきょう》がニガテ。運動《うんどう》はもっとニガテ。友達《ともだち》づくりが一番《ばん》ニガテ。
そんなタカトが、ゆいいつ得意《とくい》なこと――それが、**絵《え》を描《か》くこと**だった。
昔《むかし》は、休《やす》み時間《じかん》になるたびに、自由帳《じゆうちょう》をひらいて絵《え》を描《か》いていた。
前《まえ》の学校《がっこう》の数少《かずすく》ない友達《ともだち》たちは、タカトの自由帳《じゆうちょう》をのぞきこんでは、
**（ほんと、タカトって絵《え》だけはうまいよな～！　ほかはダメダメだけど！）**
**（プロになれるんじゃね？　マンガ家《か》とか、イラストレーターとかさ！）**
そう言《い》って、ほめてくれたのだ。
思《おも》いかえせばずっと、そうだった。
タカトはちいさなころから……絵《え》を描《か》くことが、**大好《だいす》きだった**のだ。

「……絵《え》なんてもう、こりごりだよう」
タカトは、ぶるりと首《くび》を振《ふ》る。

絵《え》を描《か》くのが好《す》きだったのは**昔《むかし》のこと**だ。

このごろはもう、描《か》いていなかった。

「ほかにおもしろいこと、たくさんあるし」

わざわざ絵《え》を描《か》くだなんて、めんどうな遊《あそ》びをするよりも。

ゲームをしたり、動画《どうが》を観《み》てる方《ほう》が、よっぽど楽《たの》しい。

「絵《え》を仕事《しごと》にするのって、大変《たいへん》なんだ。ぼくよりうまい人《ひと》なんて、たくさんいるし」

ネットを見《み》ていれば、絵《え》のうまい人《ひと》なんて星《ほし》の数《かず》ほどいる。AI《エーアイ》だってある。

ぼくが描《か》かなくたっていい。

それに……。

「絵《え》を描《か》くなんて、つまんないことだって、よくわかったもんね」

〝自由《じゆう》〟なんて、どこにもなかった。
〝不自由帳《ふじゆうちょう》〟にでも、改名《かいめい》すればいいんだって思《おも》う。
タカトは自由帳《じゆうちょう》を拾《ひろ》いあげると、机《つくえ》のなかに乱暴《らんぼう》につっこんだ。
「さ〜て、宿題《しゅくだい》、宿題《しゅくだい》、と」
ふでばこからえんぴつを取《と》りだし、くるりと回《まわ》す。
そうして、ふっ、と。
思《おも》いだしたのだ。
**『その絵《え》に選《えら》ばれたものは、なんでも願《ねが》いごとがかなう』**って。
酔《よ》っ払《ぱら》ったおじいちゃんから聞《き》かされた、昔話《むかしばなし》のことを。
「……**伝説《でんせつ》の絵画《かいが》**、かあ」
べつに、信《しん》じてるわけじゃない。
タカトはもう小《しょう》5だ。現実《げんじつ》と物語《ものがたり》の区別《くべつ》くらいつく。
でも。
窓《まど》の向《む》こうから聞《き》こえてくる、クラスメイトたちの、楽《たの》しそうな声《こえ》を聞《き》きながら。

ぽつんとひとりぼっちの、教室《きょうしつ》のなかで。

「帰《かえ》ったら、ちょっと、探《さが》してみよっかな〜」

タカトはそう、考《かんが》えた。

**まさか、あんなことになるだなんて、そのときは思《おも》いもしなかったのだ……。**

◇◆◇　◇◆◇　◇◆◇

「**たっだいま〜っ**」

帰宅《きたく》すると、タカトは玄関《げんかん》から声《こえ》だけかけて、すぐにくるりときびすをかえした。

蔵《くら》は、家《いえ》の敷地《しきち》のすみっこに建《た》っている。

えらそうに〝**蔵《くら》**〟なんて呼《よ》んでいるけど、ようは物置《ものお》き。

扉《とびら》には、がっちりとした南京錠《なんきんじょう》がかけられている。

「たしか、窓《まど》のカギは……」

背伸《せの》びして手《て》をかけると、窓《まど》はするりとひらいた。

脚立《きゃたつ》を使《つか》って忍《しの》びこみ、すたんと床《ゆか》に着地《ちゃくち》する。

「……**侵入《しんにゅう》、成功《せいこう》！**」

きびしいセキュリティを突破《とっぱ》して、伝説《でんせつ》の絵画《かいが》を奪《うば》いにきた、怪盗《かいとう》の気持《きも》ちをすこしだけ堪能《たんのう》。

「さて、どこだろう？」

きょろきょろと中《なか》を見回《みまわ》した。

蔵《くら》の中《なか》は薄暗《うすぐら》く、空気《くうき》はほこりっぽくて冷《つめ》たい。

雑然《ざつぜん》としまいこまれているものは……。

**足《あし》の折《お》れたイス。**

**虫食《むしく》いのカーペット。**

**ひびわれた鏡《かがみ》。**

**羽根《はね》のなくなった扇風機《せんぷうき》。**

……がらくたばかりじゃないか。

「やっぱり、おじいちゃんのウソ話《ばなし》だよなあ……」

タカトはがっくりと肩《かた》を落《お》とした。

べつに、本気《ほんき》で期待《きたい》してたわけじゃないもんね。

おじいちゃんは、昔《むかし》から、お酒《さけ》に酔《よ》うと、へーぜんとホラ話《ばなし》をしていたのだ。

うちみたいなショミンの家《いえ》の、こんなオンボロ蔵《ぐら》のなかに、『伝説《でんせつ》の絵画《かいが》』なんてあるわけないよね。わかってた。

「まあ、いいんだ」

気《き》を取《と》りなおして、蔵《くら》を漁《あさ》りはじめる。

「ふふふ〜。お父《とう》さんが昔《むかし》やってたっていう、ゲーム機《き》ないかな〜？」

スーファミとか、プレステってやつ。やってみたいと思《おも》ってたんだ。

ごそごそとやりながら、奥《おく》へ踏《ふ》み入《い》っていって。

蔵《くら》の一番奥《ばんおく》のすみっこに、古《ふる》い木棚《きだな》があるのに気《き》がついた。

たくさんの本《ほん》と、ひびわれたツボや湯呑《ゆの》みがならべられた、朽《く》ちかけの木棚《きだな》だ。

「……**ん？**」

木棚《きだな》のわきの、ちいさなすきまに。

**額縁**《がくぶち》が1つ、つっこまれているのだった。

「……なんだろ？　これ」

取《と》りだしてみる。

タカトの両腕《りょううで》いっぱいくらいのサイズの、大《おお》きな額縁《がくぶち》だった。

表面《ひょうめん》に砂埃《すなぼこり》がこびりついていて、中《なか》はほとんどみえない。

ずいぶん長《なが》いこと、ほったらかしにされていたらしい。

「伝説《でんせつ》の絵画《かいが》が、ホコリまみれなわけないよねえ……」

それでもタカトは上着《うわぎ》のそでで、きゅっきゅっ、とホコリを拭《ぬぐ》った。じょじょにみえるようになってきた。

目《め》に飛《と》びこんできたのは——あざやかな色彩《しきさい》。

青《あお》。銀《ぎん》。白《しろ》。赤《あか》。混《ま》じりあった色《いろ》。

油絵《あぶらえ》だった。**巨大《きょだい》なオオカミ**の描《か》かれた。

ただのオオカミじゃない。

人間《にんげん》のように、**2本《ほん》の足《あし》で立《た》つオオカミ**だ。

重《おも》そうな鎧《よろい》を身《み》にまとい、巨大《きょだい》な大剣《たいけん》をにぎりしめている。


**——伝説《でんせつ》の絵画《かいが》が、どんな絵《え》かっていうとだな。**

**——ご先祖様《せんぞさま》が、描《か》いたものなんだ。**

おじいちゃんのいってたことを思《おも》いだした。

**――一匹《ぴき》のモンスターが、描《えが》かれた絵《え》なんだ。**
**――いかにも乱暴《らんぼう》そうな、恐《おそ》ろしいモンスターが描《えが》かれているのさ。**

「おじいちゃんが言《い》ってたの、**この絵《え》だ……**」

ひと目《め》みて、タカトはその絵《え》から、目《め》がはなせなくなってしまった。

風《かぜ》になびく深《ふか》い蒼《あお》のたてがみが、毛並《けな》みの一本《ぽん》一本《ぽん》まで生《い》き生《い》きと描《えが》かれている。

するどい**キバ**や**カギ爪《づめ》**には、ふれれば切《き》り裂《さ》かれそうな迫力《はくりょく》がある。

そして、さびしげに遠《とお》くを見据《みす》える**瞳《ひとみ》**……。

タカトは、ごくりとつばをのむ。
そろりと手《て》をのばし……額縁《がくぶち》を壁《かべ》に立《た》てかけた。
床《ゆか》に座《すわ》りこんで、ランドセルのふたをあける。
とりだしたのは、自由帳《じゆうちょう》だ。
ふでばこから、えんぴつも取《と》りだした。
自由帳《じゆうちょう》を床《ゆか》の上《うえ》に広《ひろ》げ、かがみこみ。
真《ま》っ白《しろ》なページの上《うえ》に、えんぴつをあてる……。

どうして自分《じぶん》が、そのとき、そんなことをはじめたのか？
あとになってから考《かんが》えてみても、タカトにはさっぱりわからない。
ただ、タカトは自由帳《じゆうちょう》に絵《え》を描《か》きはじめていた。
まるでなにかに、導《みちび》かれるように。
きめていたのに。
……絵《え》なんてもう、金輪際《こんりんざい》、描《か》いたりするもんか、って。

ひゅるり。
線《せん》をひく。
やわらかくって、丸《まる》っこい線《せん》だ。
**「ひゅるり。しゅおん。しゅたーん！」**
鼻歌《はなうた》を歌《うた》いはじめる。
へたくそな口笛《くちぶえ》も吹《ふ》きはじめた。
そうだった。昔《むかし》はいつも、こうやって描《か》いてたんだ。
**（タカトって、ほんと楽《たの》しそうに描《か》くよなあ～）**
友達《ともだち》にも、大人《おとな》たちにもよく、いわれていた。
絵《え》を描《か》くときのタカトは、手《て》がうずうずして、顔《かお》がニヤニヤして。
**胸《むね》が勝手《かって》に、ワクワクしてしまう！**
もう伝説《でんせつ》の絵画《かいが》の方《ほう》を見《み》てもいない。
タカトのにぎったえんぴつは、紙《かみ》の上《うえ》を踊《おど》る。こっちへいきたい！　というように。
ページいっぱいに、モンスターの姿《すがた》が描《えが》かれていく……。
**――そいつはたしかに、乱暴《らんぼう》でおそろしい姿《すがた》をしている。**

おじいちゃんは、いっていた。

**——でも絵《え》のタイトルは、ぜんぜんちがう。描《か》いた人間《にんげん》の、願《ねが》いだったんだろうな。**

ラフ描《が》きしてから、しっかりと線《せん》を引《ひ》く。

「色《いろ》も！　塗《ぬ》っるぞ〜！」

部屋《へや》から、パステルクレヨンを持《も》ってきた。

深《ふか》い蒼《あお》の毛並《けな》み。鳶色《とびいろ》の瞳《ひとみ》。ぐりぐりと塗《ぬ》っていく。

描《えが》くうち。

タカトはなんだか……ヘンな感覚《かんかく》にとらわれた。

**だれかがみている**気《き》がしたのだ。

タカトが描《か》くのを、すぐそばで。

うずうずしながら、見守《みまも》ってる、ような……。

「よっし！　描《か》けた〜っ！」

描《えが》き終《お》え、パステルクレヨンを床《ゆか》に置《お》く。

「う〜まく描《か》けた！　よく描《か》けた！　**ふっふっふ〜！**」

自由帳《じゆうちょう》をのぞきこみ、うれしそうに笑《わら》う。
そのときだった。

――カッ!!

光《ひかり》があふれた。
自由帳《じゆうちょう》のページから、あふれんばかりの光《ひかり》がほとばしったのだ。
タカトはぎゅっと目《め》をつぶる。

**「……やれやれだぜ。こんなチビすけに、描《えが》きだされるなんてよ」**

ひびいた声《こえ》に、タカトはハッとした。
男《おとこ》の子《こ》の声《こえ》だった。タカトと同《おな》い年《どし》くらいの。
目《め》をひらくと、自由帳《じゆうちょう》は裏返《うらがえ》しになって、床《ゆか》に落《お》ちていた。
そのわきに……だれか、立《た》っている。

深《ふか》い蒼《あお》の毛並《けな》み。

ピンとたった耳《みみ》。

突《つ》きだしたハナ。

鳶色《とびいろ》の瞳《ひとみ》。

「我《わ》が名《な》は**フェンリル**。**《戦狼《せんろう》フェンリル》**。画獣随一《がじゅうずいいち》の戦士《せんし》にして、**はじまりの絵画《かいが》**の1枚《まい》だ。人《ひと》と絵《え》の結《むす》びし古《いにしえ》の契約《けいやく》にのっとり、**画獣召喚《がじゅうしょうかん》の儀《ぎ》**にしたがってここに参上《さんじょう》した」

片膝《かたひざ》をつき、胸《むね》に手《て》をあてる。

「…………」

タカトは、ぽか～んとした。

だってそいつは、たったいま、タカトの描《か》いた……**絵《え》だったのだ。**

絵《え》だったものが、動《うご》いてしゃべってる。え、なんで？

それに……。

タカトはあせった。

（せ、戦士《せんし》ぃ……？）

## 2 絵《え》から生《う》まれたモンスター！

「……**なんてな！**」

ひざまずいていたそいつは、ひょいっと立《た》ちあがった。

「儀礼《ぎれい》とか、めんどくせえことはナシだ。オレ様《さま》、堅苦《かたくる》しいのはきらいなんだ。……ここはどこだ？」

まだぽかんとしたままのタカトを見《み》やると、きょろきょろと、ガラクタだらけの蔵《くら》の中《なか》を見回《みまわ》す。

「こんな狭苦《せまくる》しいところで、描《か》くなよな。オレ様《さま》が力《ちから》を出《だ》したら、こんな小屋《こや》、吹《ふ》っ飛《と》んじまうだろうが。まあ、やらねえけどよ」

自分《じぶん》の体《からだ》を確《たし》かめるように、拳《こぶし》をにぎったり、ひらいたりしている。

「なんか、感覚《かんかく》がおかしいな。まあ、人界《じんかい》はひさしぶりだし、感覚《かんかく》がなまってんのかもしれねえが」

もう一方《いっぽう》の手《て》を見下《みお》ろした。

「……なんだ？　これ」

にぎりしめているのは、**棒付《ぼうつ》きキャンディ**だ。

なんでこんなもん持《も》ってんだ？　と、首《くび》をひねってる。

「……き、きみ」

タカトはようやく、口《くち》をひらいた。

「き、きみ、いったい……**なに!?**」

身《み》を乗《の》りだして、まじまじとそいつをみつめる。

「ぼ、ぼくの描《か》いた絵《え》と、すごく似《に》てるんだけど……！」

「？　あたりまえだろ？　オレ様《さま》は**フェンリル**」

あきれたようにいって、タカトを指《ゆび》さす。

「**おまえが、召喚《しょうかん》したんだろーがよ**」

「しょ、召喚《しょうかん》って……」

タカトはぶるりと首《くび》を振《ふ》る。

「ぼ、ぼく、なにもしてないよ！」

「絵《え》を描《か》いたろーが」

床《ゆか》に落《お》ちてる自由帳《じゆうちょう》を、くいっと指《ゆび》さす。

**「画獣《がじゅう》の召喚《しょうかん》**に、魔法陣《まほうじん》や呪文《じゅもん》はいらねえ。**絵《え》こそが、オレたちとの契約《けいやく》の証《あかし》なんだ**」

「が、画獣《がじゅう》う……？」

**「画界《がかい》から召喚《しょうかん》されるモンスター**だ。なかでもオレ様《さま》は、**はじまりの絵画《かいが》の1枚《まい》**だ。その爪《つめ》は天《てん》を切《き》り裂《さ》き、その拳《こぶし》は地《ち》を砕《くだ》き、その咆哮《ほうこう》は雷鳴《らいめい》を呼《よ》ぶとうたわれた伝説《でんせつ》の画獣《がじゅう》……**《戦狼《せんろう》フェンリル》**とは、オレ様《さま》のことよ」

フッ、とえらそうに腕組《うでぐ》みして、うなずいている。

「数多《あまた》の争《あらそ》いを平定《へいてい》してきた、最強《さいきょう》の戦士《せんし》ってワケだ」

「せ、戦士《せんし》ぃ……？　きみがぁ……？」

タカトは、ちらっ、と。

壁《かべ》に立《た》てかけられた、〝伝説《でんせつ》の絵画《かいが》〟に目《め》をやった。

それから、床《ゆか》に落《お》ちて裏返《うらがえ》しになったままの、自由帳《じゆうちょう》を見下《みお》ろす。

ごくっ、と、つばをのみこんで。

「えっと……」

ぽりぽり、頭《あたま》をかいた。

「なんて、いったらいいかなあ……」

「？　そんなオレ様《さま》を、まさか、おまえみたいな子《こ》どもが描《えが》きだすとは思《おも》わなかったぜ。やるじゃねえか。チビすけのくせに。このこの」

わははと笑《わら》って、タカトをひじでつっついてくる。

タカトのこめかみから汗《あせ》が流《なが》れる。

「さあ、**指令《しれい》**をいえ」

「し、指令《しれい》……？」

「なんのために描《か》いた？　画獣《がじゅう》たるもの、**マスター**の指令《しれい》はかなえてやるさ」

「あ、願《ねが》いごとの話《はなし》？」

そうだった。

『**なんでも願《ねが》いごとがかなう**』っていう、話《はなし》だったたんだっけ。

「おおかた、戦争《せんそう》だろ？　人間《にんげん》ってやつは、ほんとしょうもねえよな」

モンスターは肩《かた》をすくめると、握《にぎ》り拳《こぶし》を掲《かか》げてみせた。

「でもいいぜ。やってやる！　最強《さいきょう》の戦士《せんし》たるオレ様《さま》が、大暴《おおあば》れしてやろうじゃねえかッ！」

「いや、そんな乱暴《らんぼう》な願《ねが》いごとじゃないよ」

タカトはぶるりと首《くび》を振《ふ》る。

「じゃあ、闘技《とうぎ》か？　画獣《がじゅう》の強《つよ》さは、絵師《えし》にとって最高《さいこう》の栄誉《えいよ》だからな！」

モンスターは、またガッツポーズをとって、

「いいぜ、さくっと優勝《ゆうしょう》してやらあ！　おまえに、富《とみ》と名声《めいせい》を授《さず》けてやるぜッ！」

「いや、そんな用《よう》でも、なくってね？」

タカトはぶるりと首《くび》を振《ふ》る。

「ハッキリしねえな。じゃあ、なんだよ？」

「あのさ。お願《ねが》いごとっていうのはね」

タカトはおずおずと、口《くち》にした。

「**友達《ともだち》に、なってほしいんだ**」

「……はあ？」

そいつは、ぱちぱちと目《め》をまたたいた。

「……**ともだちぃ？**」

まゆにあたる部分《ぶぶん》をひそめて、

「最強《さいきょう》の画獣《がじゅう》たる、オレ様《さま》に？　おまえみたいな、チビすけの？　戦争《せんそう》でも、闘技《とうぎ》でもなく、ただ、ともだちになれって？」

うなずくタカトを、不思議《ふしぎ》そうにみやって。

首《くび》をひねって。

ううんとうなって。

ぽりぽり、頭《あたま》をかきむしって。

「悪《わる》いがな。**子《こ》どもの遊《あそ》びにつきあってるヒマはねえんだ。**指令《しれい》がきまったら、呼《よ》んでくれ」

ひらいた窓《まど》を見上《みあ》げると、手《て》を振《ふ》った。

「ひさしぶりの人界《じんかい》だ。ちょっくら、遊《あそ》んでくるぜ」

「あっ、ちょっと！」

「あらよっと」

窓《まど》に向《む》かって、ジャンプする。

すっころんだ。

「あ、あれ？」

床《ゆか》にはいつくばったまま、きょとんと首《くび》をひねってる。

タカトを振《ふ》り返《かえ》って、いい含《ふく》める。

「いまのは、**ナシな？**」

「……なし？」

「オレ様《さま》の脚力《きゃくりょく》は、すげえんだ。ひと蹴《け》りで、何《なん》十メートルも跳《と》ぶことができるんだ」

「あ、うーん」

タカトは、ぽりぽりと頭《あたま》をかいた。

いいにくそうに、

「そのこと、なんだけどさあ……」

「みせてやるぜ」

立《た》ちあがり、窓《まど》に向《む》きなおる。

「とりゃあっ！」

ジャンプした。

――ドガンッ！

わきの木棚《きだな》の角《かど》に、いきおいよく足《あし》をぶつけた。

――ドテンッ！

そのまま、すっころぶ。

――ドサドサドサドサドサドサ！

落《お》ちてきた大量《たいりょう》の本《ほん》の、下敷《したじ》きに。

――ガッシャーン！　ドッゴーーーーン！

ツボが頭《あたま》にぶちあたって割《わ》れ、とどめとばかりに倒《たお》れてきた木棚《きだな》に押《お》しつぶされた。

「い、いってえええええええ～……!!　イテテテテテテテ……ッ！」

涙目《なみだめ》でうめいてる。

「く、くそおっ。なんでだ。うまく、跳《と》べねえ……っ」

「え、えっと……」

「なんかヘンだぞ、さっきから……。カラダの感覚《かんかく》が、おかしいぜ……！」

「あ、あのう～……」

「オレ様《さま》の自慢《じまん》の脚力《きゃくりょく》が、発揮《はっき》できねえ……！　……ていうか、目線《めせん》も低《ひく》いような……」

「あのさ！　ちょっと！　ちょっと聞《き》いて！」

タカトは声《こえ》を張《は》りあげた。

「きみ！　あの絵画《かいが》に描《か》かれてた、モンスターなんだよね!?」

壁《かべ》にたてかけられた、伝説《でんせつ》の絵画《かいが》を指《ゆび》さした。

「でっかくてカッコいい！　戦士《せんし》、だったんだね！」

「？　ああ、そうだ」

そいつは首《くび》をかしげて、うなずいた。

「おまえが描《か》き写《うつ》してくれたから、こうしてふたたびカラダを持《も》つことができたんだ」

「**描《か》き写《うつ》しては、ないんだよ！**」

タカトは懸命《けんめい》にいう。

「？　なにいってんだ？　チビすけ。げんにオレ様《さま》、こうして……」

「ぼくのこと、チビすけっていうけどさ！」

辛抱強《しんぼうづよ》く、説明《せつめい》する。

「**きみ、ぼくより、ちいさいからね！**」

「**ほえ？**」

きょとん。

「ジョーダンいうな。オレ様《さま》は、画獣《がにゅう》でも最強《さいきょう》の戦士《せんし》なんだぜ？　おまえみたいなチビすけよりちいさいとか、そんなカッコ悪《わる》い戦士《せんし》がいると思《おも》うか？」

はっはっは。

その笑《わら》い声《ごえ》が……。

じょじょに、ちいさくなっていく……。

「……え。ちょっと待《ま》て。**マジでいってる感《かん》じ？**」

「その感《かん》じ」

心《こころ》なしか、不安《ふあん》そうにしてる。

二人《ふたり》で向《む》かい合《あ》う。

そろって、床《ゆか》に落《お》ちた自由帳《じゆうちょう》を見下《みお》ろす。

「オレ様《さま》、どんな姿《すがた》してるんだ……？」

「みてみよう」

タカトは、ひびわれた鏡《かがみ》のホコリをぬぐって、壁《かべ》に立《た》てかけた。

裏返《うらがえ》しになっていた自由帳《じゆうちょう》を拾《ひろ》いあげる。

鏡《かがみ》にならべるように、ひらいて掲《かか》げた。

**「じゃん！** こちらが、いまのきみの姿《すがた》になります！」

「…………」

モンスターは、鏡《かがみ》にうつった自分《じぶん》の姿《すがた》をのぞきこむ。

その姿《すがた》は、伝説《でんせつ》の絵画《かいが》に描《か》かれていた姿《すがた》とは……。


まったく！

ちがっているのだった！


**「な、なんじゃこりゃあああああああああああああ――――っ！」**

大声《おおごえ》でわめき、鏡《かがみ》にとりついた。

「ぜんぜん画風《がふう》が、ちげえじゃねえかっっ！」

タカトの手《て》から自由帳《じゆうちょう》をうばい、まじまじとのぞきこむ。

「どうして、あれが！」

伝説《でんせつ》の絵画《かいが》を指《ゆび》さした。

雷鳴《らいめい》のとどろく岩山《いわやま》の上《うえ》で、巨軀《きょく》のモンスターが戦《たたか》っている、勇《いさ》ましい姿《すがた》だ。

「**こうなるんだよッッ！**」

自由帳《じゆうちょう》に描《か》かれたモンスターはちびっこで、スキップして、能天気《のうてんき》にピースサインしてる。勇《いさ》ましさのかけらもありゃしない。

雷鳴《らいめい》のひびく岩山《いわやま》？　そんなものはない。

青空《あおぞら》と、ぐるぐる太陽《たいよう》と、なんか花畑《はなばたけ》があるだけだ。

あと、ひらひらとチョウチョが飛《と》んでる。

「え、どうしてこんなふうに……？　なんでこう描《か》いたの……？」

「そ、それはね……」

放心《ほうしん》してうめく、モンスターに。

タカトは、にっこり笑《わら》ってこたえた。

「ちょっとカワいく、**アレンジしてみたんだ！**」

**「伝説《でんせつ》の絵画《かいが》をちょっとカワいくアレンジしてんじゃねええええええッ！」**

怒鳴《どな》り声《ごえ》がひびく。

「オレ様《さま》の爪《つめ》とキバはどうしたんだよ！　天《てん》を切《き》り裂《さ》く、爪《つめ》とキバはっ！」

「天《てん》を切《き》り裂《さ》くのは、アブナイなぁと思《おも》って。**ちいさくしちゃったんだ……**」

「拳《こぶし》は!?　地《ち》を砕《くだ》く、たくましい腕《うで》はどうしたんだ！」

「と、友達《ともだち》が、**地《ち》を砕《くだ》く必要《ひつよう》は、ないかなと……**」

「剣《けん》と鎧《よろい》はッ!?　**魔剣《まけん》エクスカリバー**はどうしたんだ！　すべてを切《き》り裂《さ》く、オレの相棒《あいぼう》なんだぜ！」

「鎧《よろい》って、描《か》くの大変《たいへん》だからさ……。**ジーンズにしてみたの……**」

**「えええええええ……」**

そいつはようやく、自分《じぶん》がデニム姿《すがた》だと気《き》づいたようだ。

両腕《りょううで》には、バンダナが巻《ま》かれている。

「な、なんでこんな、カジュアルファッションに……。せ、戦士《せんし》の装備《そうび》じゃねえ……」

「に、似合《にあ》ってるよ！　それに、ほら！　バンダナには、**ロゴも描《か》いたんだよ！**」

タカトはあせあせとこたえる。

モンスターは口《くち》もとをひきつらせている。

「ぜんぜん、前《まえ》の姿《すがた》とちげえ……。戦士《せんし》のカラダじゃねえぞ……」

「お、落《お》ちこまないでよ！　ほら！」

モンスターがにぎっていた、棒《ぼう》付《つ》きキャンディを指《ゆび》さして、

「すべてを切《き》り裂《さ》く剣《けん》は、**食《た》べられるようにしたんだよ！**」

「——**これエクスカリバーだったのかよッッッッッッッ!!**」

モンスターは沈没《ちんぼつ》した。

棒《ぼう》付《つ》きキャンディを見下《みお》ろし、ボーゼンとしてる。

そのまま風化《ふうか》しそう。

タカトはしゅんとした。

「ご、ごめんよう……」

「**ごめんですむかあああッ！**」

モンスターは涙目《なみだめ》で詰《つ》め寄《よ》った。

「てめえ！　ふざけんじゃねえぞ！　なんて描《か》き方《かた》してくれたんだよッ！」

全身《ぜんしん》をわなわなとふるわせている。

「オレ様《さま》は、はじまりの絵画《かいが》の1枚《まい》。すべての画獣《がじゅう》たちの頂点《ちょうてん》に立《た》つ、最強《さいきょう》の戦士《せんし》なんだぞ……！　それを、よくも……こんなカッコ悪《わる》い姿《すがた》に描《か》きやがって……！」

怒気《どき》を発《はっ》してる。

でも、怖《こわ》くないなあ。

だって、にぎってるのが棒付《ぼうつ》きキャンディだし。

「くっそ、最低《さいてい》だ！　ひさしぶりに描《えが》きだされたと思《おも》ったら、よりによって、こんな姿《すがた》に～！」

「な、なんだよう～。さっきから……」

タカトはガマンしきれなくなって、口《くち》をひらいた。

「**一生懸命《いっしょうけんめい》、描《か》いたんだよ！**」

モンスターをにらみつける。

「よく描《か》けたのに！　どうして、文句《もんく》ばっかりいうのさ！」

モンスターは、うっ、と詰《つ》まった。

ぶるりと首《くび》を振《ふ》り、

「どこがだよ！　もとの絵画《かいが》と、似《に》ても似《に》つかねえじゃねえかッ！」

「そうだよ！　そう描《か》いたんだよ！　そっちの方《ほう》が、いいと思《おも》ったんだ！　かわいいじゃないか！」

**「か、わ、い、く、て、どうするんだよッ！」**

棒《ぼう》付《つ》きキャンディ（**エクスカリバーです**）を振《ふ》りまわしてさけぶ。

「オレは戦士《せんし》なんだ！　こんな姿《すがた》で、戦《たたか》えるかよッ！　ひらきなおんな！　反省《はんせい》してんのか!?」

「……反省《はんせい》しようと思《おも》ったけど、そんなに怒《おこ》るならしない～」

**「は、はああっ!?」**

「そうだよ。ぼくなりに、一生懸命《いっしょうけんめい》、描《か》いたんだ。『**一生懸命《いっしょうけんめい》やったことが裏目《うらめ》にでても、くよくよしなくていいよ**』って、うちの家訓《かくん》なんだ！」

「しらねーよ！　てめえ、チビすけ！」

「チビすけじゃないよ、タカトだよ！　名前《なまえ》で呼《よ》ばなきゃ、返事《へんじ》しない！」

「おいこら、チビすけ！」

「……つーん」

タカトは、ふん、とそっぽを向《む》いて。

それから、気《き》づいたようにモンスターをみやった。

「きみのことは、なんて呼《よ》べばいい？　その、ふぇん……って、いいにくいよ」

「は、はあっ？」

「オオカミは英語《えいご》でウルフっていうから、〝**ウルファ**〟って呼《よ》んでいい？　ほら、ロゴもいれといたんだ」

モンスターの両腕《りょううで》に巻《ま》かれたバンダナには、でかでかと、『**WOLFA**《ウルファ》』とアルファベットのロゴがはいってるのだ。

「てめえっ！　どうでもいいところ、凝《こ》ってんじゃねえよ！」

「どうでもよくないよ！　**ディテール大事《だいじ》じゃないか！**」

「くそ！　子《こ》ども相手《あいて》じゃ、らちがあかねえッ！　もしも〜し！　だれか大人《おとな》！　大人《おとな》はいませんか〜ッ！　お父《とう》さんお母《かあ》さん、保護者《ほごしゃ》の方々《かたがた》〜ッ！　いたら、文句《もんく》いってやるから、でてこ〜〜〜いッ！」

モンスターはわめいた。

## 3 絵上家家族会議《えがみけかぞくかいぎ》

そんなこんなで。

「……ふんだ！　そんなに、いやがらなくってもいいじゃないか……！」

ざぶとんの上《うえ》に座《すわ》りこんで、タカトはくちびるをとがらせる。

「……クソ！　なんで、オレ様《さま》がこんな目《め》にあわなきゃならねえんだ……！」

となりでモンスターもあぐらをかいて、不機嫌《ふきげん》そうに鼻息《はないき》をもらしている。

ここは、絵上家《えがみけ》の広間《ひろま》。

一家団《いっかだん》らんするための、「**団《だん》らんルーム**」だ。

壁《かべ》には、標語《ひょうご》が貼《は》りつけられている。

108ある絵上家《えがみけ》の家訓《かくん》が、週替《しゅうが》わりで貼《は》られることになっているのだ。

今週《こんしゅう》の標語《ひょうご》は、『**ともだちを大事《だいじ》に！**』。

ちなみに先週《せんしゅう》までは、『**困《こま》りごとがあったら、家族《かぞく》に相談《そうだん》しよう！**』だった。

「……困《こま》りごとがあったら、相談《そうだん》するのが家訓《かくん》だけれど……」

テーブルの向《む》かいで、お父《とう》さんがしみじみとつぶやく。

「まさか、『**モンスターを召喚《しょうかん》しちゃった、どうしよう？**』なんて相談《そうだん》をされるとは、思《おも》わなかったな……。子育《こそだ》てっていうのは、いろいろあるもんだなあ……」

ざぶとんに座《すわ》って腕組《うでぐ》みし、こまったようにうなっている。

「で、フェンリルくん、だったか。きみは『**画獣《がじゅう》**』という、モンスターなわけだね？」

モンスターにたずねる。落《お》ち着《つ》いた口調《くちょう》だ。

出版社《しゅっぱんしゃ》の編集者《へんしゅうしゃ》として、奇人変人《きじんへんじん》な作家《さっか》たちをたくさん相手《あいて》にしているお父《とう》さんは、ちょっとやそっとのことではおどろかない。

テーブルの上《うえ》に置《お》かれた伝説《でんせつ》の絵画《かいが》と、タカトの自由帳《じゆうちょう》を交互《こうご》にみやってる。

「そうだ」モンスターはうなずいた。

「蔵《くら》の中《なか》にあった絵《え》を、タカトが描《か》きうつして、召喚《しょうかん》された、と」

「そうだ」

「でもその姿《すがた》は気《き》に入《い》らないから、なんとかしてくれと。そういうわけかな？」

「そのとおりだ。さすが、オトナは話《はなし》がわかるぜ。ガキはわからんちんでいけねえ」

モンスターはうんうん、うなずいている。

タカトは、フンッとそっぽを向《む》く。

「蔵《くら》のなかに、そんな絵《え》があったなんて知《し》らなかったよ。ご先祖様《せんぞさま》の描《か》いたものだろうなあ」

お父《とう》さんはいって、お茶《ちゃ》を一口《くち》すすった。

二人《ふたり》もおあがり、とテーブルをしめす。オレンジジュースのグラスと、ポテトチップスの盛《も》られたお皿《さら》がのせられている。

「**コーシロー**に——前《まえ》のマスターに召喚《しょうかん》されたときの絵《え》だ。名《な》だたる名画《めいが》にもおとらねえ、すごい絵《え》なんだ」

伝説《でんせつ》の絵画《かいが》をしめしていいながら、モンスターはジュースを一口《くち》で飲《の》み干《ほ》す。

「ひさしぶりに、描《えが》きだされたと思《おも》ったら……」

半眼《はんがん》になって、自由帳《じゆうちょう》をばっしと叩《たた》いて、

「**なんでこんな姿《すがた》に、描《か》きやがったんだあ〜ッ！**」

「い、いいじゃないかあ〜！」

タカトはくちびるをとがらせる。

「ねえ？　お父《とう》さん。よく描《か》けたでしょ？」

お父《とう》さんに訊《き》いてみる。

「うん。よく描《か》けてる。のびのびとした、いい絵《え》だよ」

お父《とう》さんは、すずしい顔《かお》でうなずいた。

「でしょでしょ」「**はあっ!?**」

「親《おや》バカかもしれないけど、**じつはタカトって天才《てんさい》?**とか思《おも》っちゃう」

「**ふっふー!**」

ねーっ! とうなずきあう、タカトとお父《とう》さんだ。

「絵上家家訓《えがみけかくん》!」

「**『子《こ》どもは、ほめてのばそう』**!」

「**甘《あま》っちょろすぎんだろッ!**」

モンスターはわめいた。

「まあ、冗談《じょうだん》はおいといてだね。いや、本音《ほんね》だけどね」

お父《とう》さんは、こほんと咳払《せきばら》いしてつづける。

「きみが気《き》に入《い》らないのも、わかるんだ。タカトの画風《がふう》はやわらかいし、今風《いまふう》のイラストタッチだしね。テクニックもまだまだだし」

自由帳《じゆうちょう》の絵《え》と、伝説《でんせつ》の絵画《かいが》をみくらべる。

「だろだろ？　こっちがオレ様《さま》の、ほんとうの姿《すがた》！　こんなへなちょこの絵《え》とは、くらべるべくもねえ！」

モンスターは、フンッと鼻息《はないき》をもらす。

「え～。ぼくは、いいと思《おも》うんだけどなあ～……」

「うん。いいと思《おも》う。ひさしぶりに見《み》たけど、やっぱり、タカトはいい絵《え》を描《か》くね」

むすっとしていうタカトに、お父《とう》さんはうなずく。

「なにより、楽《たの》しんで描《か》いたのが伝《つた》わってくる。お父《とう》さんは、好《す》きだな」

「こらおまえ！　どっちの味方《みかた》なんだよ⁉」

**「どっちもいい絵《え》だと思《おも》うよ」**

怒鳴《どな》るモンスターに、お父《とう》さんはニコニコという。編集者《へんしゅうしゃ》っていうのは、図太《ずぶと》くないとつとまらないそうだ。

モンスターは、エクスカリバー（**棒付《ぼうつ》きキャンディです**）を、いらだたしげにバリバリと嚙《か》み砕《くだ》いてる。

「そういえば画獣《がじゅう》の話《はなし》は、おじいちゃんから聞《き》いたことがあるな」

「えっ、ほんと？　お父《とう》さん」

「おじいちゃんは、おじいちゃんのひいおじいちゃんから聞《き》いたっていってた。自分《じぶん》は昔《むかし》、絵《え》に描《か》いたものを、召喚《しょうかん》することができたんだぞ、ってね」

**人《ひと》はその技《わざ》を、『画術《がじゅつ》』と呼《よ》んだ。**

**さまざまな不可思議《ふかしぎ》現象《げんしょう》を、絵《え》を媒介《ばいかい》に引《ひ》き起《お》こす——絵画《かいが》の魔術《まじゅつ》だ。**

**その使《つか》い手《て》は『絵師《えし》』と呼《よ》ばれて、市井《しせい》の問題《もんだい》ごとを解決《かいけつ》すべく、歴史《れきし》の裏《うら》で奔走《ほんそう》していたという。**

**そして、画術《がじゅつ》のなかでもかくべつ高度《こうど》な技《わざ》こそが……『画獣召喚《がじゅうしょうかん》』。**

**画界《がかい》にただよう画獣《がじゅう》たちのタマシイを人界《じんかい》に招《まね》く、召喚術《しょうかんじゅつ》なのだ。**

**絵師《えし》たちは、自分《じぶん》の描《えが》きだした画獣《がじゅう》たちと、契約《けいやく》をかわして使役《しえき》したという。**

**絵《え》を描《か》く人間《にんげん》たちしか知《し》らない、ヒミツのお話《はなし》……。**


「……おじいちゃんは、ホラ話《ばなし》かと思《おも》ってたらしいけどね」

「ぼくでもそう思《おも》う。『絵師《えし》』なんて、ふつうにいうしね」

「もともとは、**画術《がじゅつ》の使《つか》い手《て》を指《さ》す言葉《ことば》**だったんだよ！」

肩《かた》をすくめるお父《とう》さんとタカトに、モンスターはわめく。

「ホラ話《ばなし》なもんか！　絵《え》を描《か》くことと魔術《まじゅつ》ってのは、根《ね》っこは同《おな》じなの！」

「ピンとこないけどなあ……」

「……いや、なるほど。魔術《まじゅつ》を、存在《そんざい》しない現象《げんしょう》をこの世《よ》に引《ひ》き起《お》こすことだと捉《とら》えれば、実在《じつざい》しない形《かたち》を描《えが》きだす絵画《かいが》が、同種《どうしゅ》のものだっていうのはわかる気《き》がするな……」

お父《とう》さんはぶつぶつといいながら、なにやらメモをとっている。

作家《さっか》さんと打《う》ち合《あ》わせするとき用《よう》に、ネタ帳《ちょう》にメモっているらしい。

「ともかく！　オレ様《さま》を、もとの姿《すがた》にもどせよ！」

モンスターはいらだたしそうに、噛《か》み砕《くだ》いたエクスカリバーをのみこんだ。

お父《とう》さんはネタ帳《ちょう》をとじると、うなずいた。

「方法《ほうほう》はあるよ」

「え〜」「ほんとかっ？　教《おし》えろオヤジ！」

「これも、おじいちゃんから聞《き》いた話《はなし》なんだけど」

召喚《しょうかん》された画獣《がじゅう》の姿《すがた》が気《き》に入《い》らない場合《ばあい》には、修正法《しゅうせいほう》があるらしい。

かんたんだ。

**描《か》きなおすのだ。**

ただし、〝いまの姿《すがた》〟を描《えが》いた描《か》き手《て》が、描《か》きなおさなければ効果《こうか》はない。


「よし、チビすけ！　さっそく、描《か》きなおせ！」

「え〜……。べつに、いまのままでいいじゃないか〜……」

「いいわけねーだろ！　はやくしろ！」

と、自由帳《じゆうちょう》をタカトに押《お》しつける。

伝説《でんせつ》の絵画《かいが》を掲《かか》げて、

「これとそっくりに描《か》けよな。オレの**タマシイの形《かたち》**に、一番《いちばん》あった姿《すがた》に」

「……タマシイの形《かたち》？」

「画獣《がじゅう》は、タマシイが入《はい》るのにふさわしい絵《え》が描《えが》かれたときに、その絵《え》を依代《よりしろ》として召喚《しょうかん》されるんだ。さあ、描《か》きなおせ」

「わ、わかったよう～……」

タカトはかんねんして、ため息《いき》をついた。

自由帳《じゆうちょう》のページをめくると、えんぴつを手《て》にとる。

なんとか無理《むり》やり、描《か》いていく。

さっきは手《て》が勝手《かって》に動《うご》いてくれたのに、いまは鉛《なまり》になったよう。

伝説《でんせつ》の絵画《かいが》を参考《さんこう》に、モンスターの姿《すがた》を描《か》いて、色《いろ》を塗《ぬ》った。

「はい、できたよ」

自由帳《じゆうちょう》を差《さ》しだす。

……なにも起《お》こらない。

「まじめに描《か》けよ！　ぜんぜんダメだ、こんな絵《え》じゃ！」

モンスターは自由帳《じゆうちょう》を叩《たた》く。

「もう1度描《どか》け！」

いわれて、タカトは自由帳《じゆうちょう》のページをめくった。線《せん》を引《ひ》き、色《いろ》を塗《ぬ》る。

「できたけど……」

自由帳《じゆうちょう》を差《さ》しだす。

「だからっ！　こんな絵《え》じゃダメなの！　オレのタマシイの形《かたち》に、まるで合《あ》ってねえじゃねえかっ！」

モンスターは怒鳴《どな》った。

**「へたくそ！　まじめにやれよ！」**

「まじめにやってるよう！」

「お手本《てほん》どおりに描《か》けって！」

「やってるってば！」

「……取《と》りこみ中《ちゅう》のところ、悪《わる》いけど」

黙《だま》って見守《みまも》ってたお父《とう》さんが、口《くち》をはさんだ。

**「タカトが、この絵《え》を描《か》きうつすことは、できないと思《おも》うよ」**

## 4 まぐれと奇跡《きせき》と願《ねが》いごと！

「**なんでだよっ!?**」

モンスターが目《め》をむいた。

「僕《ぼく》も職業柄《しょくぎょうがら》、絵《え》はたくさん観《み》ているからね。この《戦狼《せんろう》フェンリル》を描《か》いた人《ひと》が、すごい絵描《えか》きだったってことはわかる」

お父《とう》さんはいって、伝説《でんせつ》の絵画《かいが》をじっと見《み》つめた。

数多《あまた》の作家《さっか》の作品《さくひん》を世《よ》に送《おく》りだしてきた、凄腕編集者《すごうでへんしゅうしゃ》（？）の目《め》になっている。

「まさしく、**名画《めいが》だ。**血のにじむような練習《れんしゅう》をこなし、努力《どりょく》し、己《おのれ》のすべてをこめて……その果《は》てに描《えが》きあげたものだと思《おも》うよ」

苦笑《にがわら》いを浮《う》かべる。

「タカトはそういう努力《どりょく》とか、きらいだもんね」

「**きら〜い**」

「？　なにいってやがる」

モンスターは首《くび》をひねった。

「このチビすけも、とーぜん、それくらいの鍛錬《たんれん》は積《つ》んでるんだろ？　なにせ、オレ様《さま》を描《えが》きだしたんだからよ」

「絵《え》の鍛錬《たんれん》？　**しないよ、そんなの**」

タカトはぶるりと首《くび》を振《ふ》る。

「絵《え》の師匠《ししょう》は？　修業《しゅぎょう》は、どこでやってんだ？」

「……絵画教室《かいがきょうしつ》にかよってたことはあるけど。**もういかないよ**」

タカトはぶるりと首《くび》を振《ふ》る。

「絵《え》なんてもう描《か》かないって、きめてるもんね」

今度《こんど》はモンスターが、ぽかんとした。

「絵《え》を……描《か》かない……？　なんでだよ……？」

「べっつに〜。ほかにおもしろいこと、たくさんあるし。自分《じぶん》よりうまい人《ひと》なんて、たくさんいるし。仕事《しごと》にするには、大変《たいへん》そうだし」

「近頃《ちかごろ》の子《こ》どもは、夢《ゆめ》を持《も》ちにくいよね」

お父《とう》さんが苦笑《くしょう》する。

「今日《きょう》は、気《き》まぐれに描《か》いただけだもん。鍛錬《たんれん》とか修業《しゅぎょう》とか、**ないないよ〜**」

やる気《き》なさげに、口笛《くちぶえ》を吹《ふ》いている。

「……一番得意《ばんとくい》な絵《え》は、なんだ？」

「**へのへのもへじ？**」

「**おいこらあああああああああああああっっっ！**」

モンスターは口《くち》もとをひきつらせた。

「**ド素人《しろうと》じゃねえかッッ！**」

「「はっはっは」」

タカトとお父《とう》さんは、とりあえず笑《わら》っておく。

「なんで、こんなド素人《しろうと》のチビすけが、画獣召喚《がじゅうしょうかん》できたんだよっ！」

「これは、僕《ぼく》の推測《すいそく》だけど」

と、お父《とう》さんが、ピンと指《ゆび》をたてた。

「おそらく、まだまだ絵《え》の素人《しろうと》のタカトが、きみを描《えが》きだせたその理由《りゆう》とは……」

ぼそぼそと言《い》って、顔《かお》を寄《よ》せる。

「ぼくが、ウルファを描《えが》きだせた理由《りゆう》とは……？」

「チビすけが、オレを描《えが》きだせた理由《りゆう》とは……？」

二人《ふたり》は、ごくりとつばをのむ。

「ずばり、ただの**まぐれ**――――いや、」

いいなおす。

「**〝奇跡《きせき》の力《ちから》〟**ッッッッッッ！　だと思《おも》うよ！」

「いい感《かん》じにいいなおしたね、お父《とう》さん」

「**ただのまぐれかあああああああああああああ～～～……ッ！**」

ニコニコ笑《わら》う親子《おやこ》のわきで。

モンスターは、ずうううんっと、肩《かた》を落《お》とした。

「やべえ、悲《かな》しい……。超悲《ちょうかな》しい……。ただのまぐれで、オレ様《さま》、こんな姿《すがた》に……」

部屋《へや》のすみっこで、膝《ひざ》を抱《かか》えて、シクシク泣《な》きはじめる。

……そうとう、ショックだったみたい。

「まあまあ、そう落《お》ちこまずに！　あわてることはないさ！」

お父《とう》さんは、のんびりといった。

タカトにウインクしてみせる。

「タカトがきみをもとの姿《すがた》に描《か》けるようになるまで……**うちで暮《く》らすのはどうだい？**」

「そ、そうだよっ！」

タカトは身《み》をのりだした。

「それがいいよ！　いっしょに暮《く》らそうよっ！」

「じょ、冗談《じょうだん》じゃねえぞ……」

モンスターはうらめしそうに二人《ふたり》をみやると、立《た》ち上《あ》がった。

「オレは、フェンリル。孤高《ここう》の画獣《がじゅう》だ。戦《たたか》いのなかで生《い》き、戦《たたか》いのなかで死《し》ぬ。それがオレの、宿命《しゅくめい》だ」

しずかな口調《くちょう》でいい、首《くび》を振《ふ》る。

「家庭《かてい》とか、平和《へいわ》な暮《く》らしとか、なじまねえ。ガキといっしょに暮《く》らすとか、できるか……」

タカトとお父《とう》さんは、聞《き》き終《お》えると。

うん、と、ひとつ、うなずいて、

「……そんな姿《すがた》でクールキャラみたいなこ

といっても、似合《にあ》わないと思《おも》うよう？」

「もとの絵《え》だったら、カッコよかったんだけどね」

**「だれのせいだ、だれのツッ！」**

てんでにいわれて、モンスターは地団駄《じだんだ》を踏《ふ》む。

ぶるりと首《くび》を振《ふ》って、

「ガキといっしょにおままごとなんてごめんだ！　あばよ！」

ふすまを開《あ》けて、出《で》ていこうとする。

「あっ」

タカトは、必死《ひっし》にさけんだ。

「まってよう！」

とたん。

モンスターのカラダが、ピクッとふるえた。

立《た》ち止《ど》まって、気《き》をつけする。

「あっ、待《ま》ってくれるの？　意外《いがい》と素直《すなお》なんだね？」

「待《ま》ちたくて、待《ま》ってんじゃねえっ！」

モンスターがわめいた。

みやると、カラダに力《ちから》をこめているが、動《うご》けないみたい。どうして？

「そういえば、おじいちゃんがこんなこともいってたな。人間《にんげん》と画獣《がじゅう》の、**契約《けいやく》について**」

「**あ、こらオヤジ！　ヨケーなこというんじゃねえッ！**」

「描《えが》きだされた画獣《がじゅう》は、基本的《きほんてき》に、**描《か》き手《て》の指令《しれい》に逆《さか》らうことができない**らしい。タマシイを描《えが》きだしてくれたお礼《れい》に、**絆《きずな》を結《むす》ぶという掟《おきて》があるんだ**」

「いうなって、いってんだろーが！」

「**……ふうん？**」

タカトはうなずいた。

「そうなんだ〜〜……？」

ニコニコと浮《う》かべる、その満面《まんめん》の笑《え》みは。

……ワル〜イ顔《かお》。

「じゃあ、あらためて、**お願《ねが》いごとをいうよ！**」

タカトはモンスターに向《む》きなおる。

モンスターは、たらりと鼻《はな》に汗《あせ》をかいている。

ほとんど変《か》わらない背丈《せたけ》。
二人《ふたり》でじっと、目線《めせん》をあわせて。
ニコニコ笑《わら》って、手《て》を差《さ》しだした。

「ウルファ！　ぼくと友達《ともだち》になってよ！」

——『その絵《え》に選《えら》ばれたものは、なんでも願《ねが》いごとがかなう』
——そんな言《い》い伝《つた》えのある、魔法《まほう》の絵画《かいが》なんだ。

願《ねが》いごとはかなった。
わりと強制的《きょうせいてき》に。
その瞬間《しゅんかん》、モンスターのタマシイの名《な》は、〝**ウルファ**〟となった。
**画獣《がじゅう》《ウルファ》**。

「**ち、ちっきしょおおおおお！・・・・・・・・！**」

ウルファは吠《ほ》えた。

（オレ様《さま》がもとの姿《すがた》にもどるには、この、描《か》くことがきらいな、ド素人《しろうと》のチビすけのそばにいなけりゃいけねえってのかよ……！）

そうして、こいつが、絵《え》を描《か》く気《き》になって、ウルファをもとの立派《りっぱ》な姿《すがた》に描《か》けるようになるまで、育《そだ》てなければならないらしい……。

（そ、そんな無茶《むちゃ》なああ～……！）


「あくしゅ！　**友達《ともだち》の握手《あくしゅ》！**」

タカトはニコニコと手《て》を差《さ》しだす。

「あ――――もうっ！　わあったよっっ！」

ウルファはいやいやながら、手《て》を差《さ》しだす。

**『ともだちを大事《だいじ》に！』**

標語《ひょうご》の下《した》で、むりやり、握手《あくしゅ》をかわす。


**――そいつはたしかに、乱暴《らんぼう》でおそろしい姿《すがた》をしている。**

おじいちゃんは、いっていた。

**――でも絵《え》のタイトルは、ぜんぜんちがう。描《か》いた人間《にんげん》の、願《ねが》いだったんだろうな。**

伝説《でんせつ》の絵画《かいが》に、どんなタイトルがつけられていたのか、タカトは知《し》らない。

でも、タカトは自由帳《じゆうちょう》のページの右下《みぎした》に、**絵《え》のタイトル**をつけていた。

それは、まったく偶然《ぐうぜん》にも、昔《むかし》の描《か》き手《て》がつけたのと、**おなじタイトル**だったのだ。

あるいは、だからおなじタマシイが、絵《え》に宿《やど》ったのかもしれない……。

こう書《か》かれていた。

〝ぼくのともだち〟！

ともだちを大事に

＼タカトの／

# かんたん！絵《え》描《か》き歌《うた》

## ウルファ編《へん》

パカッとタマゴが
われまして〜

石《いし》ころ2つ、
ゴマ1つ〜

ブーメランも2つ
とんできて、ヒビが
入《はい》ったどうしよう〜

いったん休《きゅう》けい
バンソウコウ

ギザギザお山《やま》に
カラスがひっくり
返《かえ》ったら

＼あっという間《ま》に
ウルファ！／

# 第《だい》2話《わ》

# はじめての仲《なか》間《ま》!
# 悠《ゆう》里《り》&《アンド》茶《ちゃ》々《ちゃ》丸《まる》!

## 1 タイプちがいのぼっち、宇佐見悠里《うさみゆうり》！

「だから、いってるでしょう！　僕《ぼく》には友達《ともだち》なんて、必要《ひつよう》ありません！」


子《こ》ども部屋《べや》のなか。

男《おとこ》の子《こ》が、不満《ふまん》そうに、声《こえ》をはりあげている。

きまじめそうな目《め》をした男《おとこ》の子《こ》だ。

自分《じぶん》の部屋《へや》のなかだっていうのに、座布団《ざぶとん》に行儀《ぎょうぎ》よく正座《せいざ》し、ひざに手《て》をのせ、ピシッと背《せ》すじをのばしている。

「友達《ともだち》とか、仲間《なかま》とか、僕《ぼく》にはそういうのは、向《む》いてないんですよ！　そういう星《ほし》の下《もと》に、生《う》まれついているんです！」

目《め》の前《まえ》の相手《あいて》をみすえて、声《こえ》をはりあげる。

「人間《にんげん》には、向《む》き不向《ふむ》きがあるんです！　『**苦手《にがて》なことをがんばらなくていいよ、無理《むり》せずに生《い》きてこうね……**』って、SNS《エスエヌエス》でオトナたちがいってるのをみました！」

「でも**ユーリ**はんは、まだ、小学生《しょうがくせい》やないか！」

座卓《ざたく》の向《む》こうから、べつの声《こえ》がこたえた。

すこし高《たか》めの、これも小学生《しょうがくせい》くらいの男《おとこ》の子《こ》の声《こえ》だ。

「人生《じんせい》に疲《つか》れちゃったオトナたちとは、ちがうやろ！　がんばらなくていいことあるかい！　ちからいっぱい、がんばりい！」

「いやです！　**断固《だんこ》、拒否《きょひ》します！**」

「友達《ともだち》のひとりくらい、つくった方《ほう》がええて！」

「向《む》き不向《ふむ》きだって、いってるでしょ！　**茶々丸《ちゃちゃまる》**の、**おせっかい画獣《がじゅう》！**」

「ユーリはんの、**社会不適合小学生《しゃかいふてきごうしょうがくせい》！**」

男《おとこ》の子《こ》と、座卓《ざたく》の向《む》かい側《がわ》に座《すわ》って。

あやしい関西弁《かんさいべん》で言《い》い合《あ》いしている、そいつの姿《すがた》は。

……**ウサギである。**

首《くび》におしゃれな星柄《ほしがら》のスカーフをまいた、デカウサギだ。

ひたいからちょこんと生《は》えているのは、みじかいツノ。

「あのな、ユーリはん。人生《じんせい》でいちばん大事《だいじ》なものって、なにかわかる？」

デカウサギはいって、男《おとこ》の子《こ》をみすえる。

男《おとこ》の子《こ》は腕組《うでぐ》みして、ううむとうなった。

**「〝人《ひと》との信頼《しんらい》〟**とかですか？」

「ブッブー。**〝銭《ぜに》〟**やで！　**世《よ》の中《なか》、銭《ぜに》なんや！**」

デカウサギは力強《ちからづよ》く、いい切《き》った。

「そして銭《ぜに》を稼《かせ》ぐには、**人脈《じんみゃく》――友達《ともだち》が必要《ひつよう》なんや！**　だから友達《ともだち》つくるんや！　**銭《ぜに》のために！**」

「友情《ゆうじょう》は、そんな汚《よご》れた目的《もくてき》で育《はぐく》むものではありません！」

声《こえ》をはりあげる男《おとこ》の子《こ》のわきに積《つ》まれているのは……**マンガの山《やま》だ。**

**友情《ゆうじょう》パワーで敵《てき》を討《う》て！**　と、キャッチフレーズが書《か》かれている。

部屋《へや》のなかは、絵《え》であふれていた。

あちこちに散《ち》らばったコピー用紙《ようし》の束《たば》には、ぎっしりと描《か》かれたキャラクター。

わきの本棚《ほんだな》にならんだたくさんの本《ほん》には、無数《むすう》の付箋《ふせん》が貼《は》りつけられている。

『絵《え》の基本《きほん》！』、『人物《じんぶつ》デッサン資料集《しりょうしゅう》』、『想《おも》いが伝《つた》わる！〝表情《ひょうじょう》〟の描《か》き方《かた》』、『決定版《けっていばん》壁《かべ》の染《し》み大図鑑《だいずかん》』、etc.etc.《エトセトラエトセトラ》……。

「僕《ぼく》は世界一《せかいいち》の、**神絵師《かみえし》になるんです！**」

男《おとこ》の子《こ》は、胸《むね》を張《は》った。

「みんなに友情《ゆうじょう》の尊《とうと》さを感《かん》じてもらえるような、すばらしいマンガを描《か》くんです！」

拳《こぶし》をにぎりしめ、力説《りきせつ》する。

「そのために……友達《ともだち》なんてつくってるヒマは、ありません！」

「**はい、ムジュン！**　ユーリはんのいまの発言《はつげん》には、ムジュンがありますう〜！」

デカウサギが、力《ちから》いっぱいツッコむ。

「友達《ともだち》ひとりもおらんやつが、友情《ゆうじょう》のすばらしさなんて描《か》けるかい！」

「描《か》けますよ！　友達《ともだち》いなくたって、友情《ゆうじょう》は描《か》けます！　推理小説《すいりしょうせつ》の作家《さっか》だって、だれも人《ひと》なんて殺《ころ》してないでしょ！」

「**バカユーリ！　頑固《がんこ》ユーリの、強情《ごうじょう》ユーリ！**」

「あ！　そんな悪口《わるくち》いって、いいと思《おも》ってるんですか？　きみを描《か》いたの、僕《ぼく》なのに！」

「**友達《ともだち》いっない、ぼっちユーリ〜！**」

「なにを〜！」

あっかんべえをするデカウサギに、男《おとこ》の子《こ》は怒《おこ》ってつっかかる。

しばらく二人《ふたり》、わあわあ、言《い》い争《あらそ》っている。

**コンコン**。ノックがひびいて、ぴたりと止《と》まった。

「……なにをさわいでいるの？　**悠里《ゆうり》**」

ドアから顔《かお》をのぞかせたのは、男《おとこ》の子《こ》のお母《かあ》さんだ。

ショートケーキとアイスカフェオレの載《の》せられたおぼんを持《も》って、部屋《へや》の中《なか》を見回《みまわ》す。

視線《しせん》は、デカウサギの上《うえ》を素通《すどお》りして……男《おとこ》の子《こ》の上《うえ》で止《と》まった。

「だれもいないじゃないの。熱中《ねっちゅう》するのはいいけど、ほどほどにするのよ」

お菓子《かし》を座卓《ざたく》にのせ、部屋《へや》を出《で》ていく。

お母《かあ》さんが行《い》ったのを確認《かくにん》すると、デカウサギは、コホンと空咳《からせき》をした。

「ユーリはん。ちと、まじめに話《はなし》をせなあきまへん。そこ座《すわ》んなさい」

「さっきから座《すわ》ってます、茶々丸《ちゃちゃまる》」

男《おとこ》の子《こ》は、ぴしっと正座《せいざ》したまま、きまじめにこたえる。

デカウサギは、ショートケーキを二人分《ふたりぶん》に切《き》りわけ、大《おお》きい方《ほう》を口《くち》に放《ほう》りこむと、話《はなし》をつづける。

「ワイも、なんの理由《りゆう》もなく**『友達《ともだち》つくれ』**っていうてるんやない。じつは、**あらたに画《が》獣《じゅう》が召喚《しょうかん》されたようなんや**」

声《こえ》をひそめて、ぼそぼそという。

「画獣《がじゅう》を描《えが》きだしたやつがおるってことや。ユーリはんと、おなじように」

「えっ。ほんとですか？　茶々丸《ちゃちゃまる》」

男《おとこ》の子《こ》が、パッと瞳《ひとみ》を輝《かがや》かせて身《み》を乗《の》りだす。

気《き》づいたように、首《くび》を振《ふ》って、

「……ま、まあ、僕《ぼく》には関係《かんけい》、ありませんが」

「その方《ほう》がええ。とても乱暴《らんぼう》な画獣《がじゅう》の気配《けはい》や」

ぺたりと耳《みみ》をたれて、ふるえはじめるデカウサギ。

「もしもこいつが、ワイの想像《そうぞう》どおりのヤツやったら……。ワイみたいなかわいい、いたいけな画獣《がじゅう》、かんたんに**ウサ鍋《なべ》**にされてまう……！」

「『**ウサギ鍋《なべ》　味《あじ》**』と……」

男《おとこ》の子《こ》は、スマホで検索《けんさく》する。

「だからユーリはん！　友達《ともだち》が必要《ひつよう》なんや！　**協力《きょうりょく》して戦《たたか》ってくれる、仲間《なかま》の存在《そんざい》が！**」

デカウサギは、スマホをうばいとって声《こえ》を張《は》りあげる。

「絵《え》を助《たす》けると思《おも》って！　な、ユーリはん！　このとーりや！」

友達《ともだち》をつくるんや！

デカウサギに、せっつかれて。

男《おとこ》の子《こ》は、しょんぼりと目《め》を伏《ふ》せてうなった。

「……友達《ともだち》かあ……」

## 2 ウルファをもとの姿《すがた》にもどすために？

「絵《え》のっ！　練習《れんしゅう》をっっ！　**しろおおおおおおおおっっ！**」

ぽかぽか天気《てんき》の、日曜日《にちようび》。

ベッドでごろごろ、寝転《ねころ》がり。

マンガを読《よ》みふけってたら。

自分《じぶん》の描《か》いた絵《え》に、怒《おこ》られた。

「……だから、ぼくは絵《え》なんて描《か》かないって、いってるじゃないかあ」

タカトは、くちびるをとがらせる。

「それに、今日《きょう》は、おやすみの日《ひ》だよう～？」

足《あし》をぶらぶらとゆらしながらこたえる。

マンガから顔《かお》をあげたついでに、サイドテーブルに置《お》いたコーラをひとくち。

ポテトチップスを1枚《まい》つまんで、パリパリとかじりながら、

「休《やす》みの日《ひ》って、いいよねえ～……。**ごくらく、ごくらく……**」

しみじみと、かみしめている。

「休《やす》みとか、ねえんだよっ！」

のんびりくつろぐタカトに、ウルファは声《こえ》を張《は》りあげる。

「修業《しゅぎょう》だ、チビすけ！　おまえは一日《にち》もはやく、オレ様《さま》をもとの姿《すがた》に描《か》きなおさなきゃならねえんだからなッ！」

「だから、チビすけじゃないよ。タカトだよ」

タカトは、ムスッと鼻息《はないき》をもらす。

「名前《なまえ》で呼《よ》んでくれなきゃ、修業《しゅぎょう》しないからね」

「じゃあ、名前《なまえ》で呼《よ》んだら、修業《しゅぎょう》するってことだな？」

「それはまた、ちがう話《はなし》じゃない？」

「え？　そうか？　おなじ話《はなし》じゃねえ？」

「いいや、ちがうよ。100%、ちがう話《はなし》だよ」

タカトは断言《だんげん》する。

「それに、今日《きょう》はおやすみだよ？　休《やす》まないとダメって、**ホーリツできまってるんだ**」

「ホ、ホーリツ？」

「えら〜い人《ひと》が決《き》めた、ルールなんだ。破《やぶ》ったらダメなんだ。**逮捕《たいほ》されちゃうんだよ？**」

ウルファが現代社会《げんだいしゃかい》を知《し》らないのをいいことに、テキトーに丸《まる》めこもうとする。

「で、でもよお〜……」

「平日《へいじつ》だったら、やってもいいよ。絵《え》の練習《れんしゅう》。平日《へいじつ》の……気《き》が向《む》いたときに。……2分《ふん》か3分《ぷん》くらいだったら」

**「それのどこが修業《しゅぎょう》なんだよッ！」**

わあわあとわめくウルファに、タカトは聞《き》こえないふりをする。

ひらかれた窓《まど》の向《む》こうから、チュンチュンと鳥《とり》の鳴《な》き声《ごえ》が聞《き》こえてくる。

絵上家《えがみけ》の家《いえ》は、2階建《かいだ》ての一軒家《けんや》。

**神絵市南神絵町《かみえしみなみかみえちょう》**という、歴史《れきし》ある町《まち》のすみっこに建《た》っている。

もともとはおじいちゃんの家《いえ》だった実家《じっか》に、タカトとお父《とう》さんが引《ひ》っ越《こ》してきたのは、1ケ月前《げつまえ》のことだ。

お兄《にい》ちゃんの留学《りゅうがく》にお母《かあ》さんもついていくことになり、しばらく家族分《かぞくわ》かれて暮《く》らすことになったから。

「さびしい思《おも》いさせるけど、だいじょうぶね？　タカト」

もちろんさびしいけれど、お兄《にい》ちゃんのためだ。しかたない。

それに、引《ひ》っ越《こ》してよかったこともある。

ようやく、一人部屋《ひとりべや》を獲得《かくとく》できたことだ。

窓《まど》にひかれた、空色《そらいろ》のカーテン。

勉強机《べんきょうづくえ》。テレビにゲーム機《き》。本棚《ほんだな》には、児童書《じどうしょ》とマンガがならんでる。

小学《しょうがく》5年生《ねんせい》の部屋《へや》としては、なかなか豪華《ごうか》なんじゃないかな？

つい先日《せんじつ》から、二人《ふたり》（？）部屋《べや》になった。

**描いた絵**《ウルファ》といっしょに暮《く》らすためだ。犬小屋住《いぬごやず》まいかタカトと同室《どうしつ》かで選択《せんたく》を迫《せま》られ、ウルファはしぶしぶ、後者《こうしゃ》を選《えら》んだ。

ベッドは、二段《だん》ベッドになった。お兄《にい》ちゃんと使《つか》ってたやつを、捨《す》てずにいてよかった。

勉強机《べんきょうづくえ》を、もうひとつならべた。絵《え》が勉強《べんきょう》するかは、わからないけれど。

トランプとかすることもあろうかと、蔵《くら》から座卓《ざたく》と座布団《ざぶとん》を引《ひ》っ張《ぱ》り出《だ》してきた。

あたらしいカップと、お箸《はし》も買《か》ったし。

ふでばことえんぴつも買《か》ったし。

くつしたとパジャマも買《か》ったし。

歯《は》ブラシと歯磨《はみが》き粉《こ》も買《か》ったし。

そうそう、忘《わす》れちゃいけない。

通信対戦用《つうしんたいせんよう》のゲームアカウントも、1つ増《ふ》やしたんだよ。

「あっ、そうだ。これ、ぼくからプレゼント！」

タカトは、机《つくえ》のひきだしをひらいて取《と》りだす。

昨日《きのう》、お父《とう》さんといっしょに買《か》ってきた、**カッコいい鋲《びょう》付《つ》きの首輪《くびわ》**だ。

「ウルファがうちにきた、お祝《いわ》いだよ！　一生懸命《いっしょうけんめい》えらんだの！　あげる！」

「いらねえよッ！　オレは、ペットじゃねえッ！　誇《ほこ》り高《たか》き、画獣《がじゅう》の戦士《せんし》なんだぞ！」

ウルファが怒鳴《どな》る。

ちっちっち、わかってるよう、とタカトは指《ゆび》を振《ふ》って、

「これは、画獣《がじゅう》の戦士用《せんしよう》の装備《そうび》なんだ。名付《なづ》けて……〝**戦士《せんし》の首輪《チョーカー》**〟！　防御力《ぼうぎょりょく》、2くらい！」

「ほ、ほんとかあ……？　テキトーにいってんじゃねえだろうな……？」

「ほんとだってば！　このごろハマってるゲームの装備《そうび》の名前《なまえ》とかじゃ、ぜんぜんないか

らね！」

うたがわしげに首輪《くびわ》をみつめるウルファに、タカトはニコニコとうなずいてみせる。

「ほら、つけて！　装備《そうび》は身《み》に着《つ》けないと意味《いみ》がないんだよ！　ノミよけにもいいんだって、ペットショップの店員《てんいん》さんもいってたし！」

**「やっぱり、ペット用《よう》じゃねえかあッ！」**

ウルファは怒鳴《どな》って。

それから、がっくりと肩《かた》を落《お》とした。

部屋《へや》のすみで、ひざをかかえて、

「……どうして、最強《さいきょう》の戦士《せんし》たるオレ様《さま》が、こんな目《め》にあわなきゃならねえんだ……」

シクシクと泣《な》きはじめる。

……最強《さいきょう》の戦士《せんし》なら、すねないでほしいんだけど。

「じゃあウルファは、ほかになにか、ほしいものあるの？」

「オレがほしいのは、もとの姿《すがた》だけだッ！」

そういってまた怒鳴《どな》る。

ウルファは描《えが》きだされてから、ずっとこの調子《ちょうし》。

ことあるごとに、オレ様《さま》をもとの姿《すがた》にもどせ！　としつこいのだ。

「おまえの絵《え》は、まだまだ、へたくそなんだよ！　コーシローとは、くらべものにならねえ！」

コーシローっていうのは、**絵上孝士郎《えがみこうしろう》**。

昔《むかし》、ウルファを描《えが》きだしたっていう、タカトのご先祖様《せんぞさま》のことだ。

「ちったあコーシローを、見習《みなら》えよな！　あいつはおまえくらいの頃《ころ》には、もう、ず〜っとうまかったぞ！」

「な、なんだよう……。そんな昔《むかし》の人《ひと》と、くらべられてもさあ……」

タカトはムッとして、くちびるをとがらせる。

「それにぼくだって、絵《え》、うまいっていわれるんだよ〜……？」

「**〝井《い》の中《なか》の蛙《かわず》、大海《たいかい》を知《し》らず〟**って言葉《ことば》、知《し》ってるか？　うまいといっても、**〝小学生《しょうがくせい》としては〟**だろ。とてもオレ様《さま》を召喚《しょうかん》できるレベルじゃねえ」

「でも、ウルファはその絵《え》で、召喚《しょうかん》されたんじゃないか……」

「**〝まぐれ〟**でな」

「**〝奇跡《きせき》〟**でだよ」

タカトはカッコいい方《ほう》に訂正《ていせい》しておく。

「才能《さいのう》がないとはいわねえ。曲《ま》がりなりにも、このオレ様《さま》を描《えが》きだしたんだからな。素質《そしつ》はあるはずだ。…………たぶん」

ウルファは自信《じしん》なさそうにそういって、

「でも、今《いま》のままじゃダメだ！　てんで話《はなし》にならねえ！　ぜんぜん、へたくそだ！」

「……ふんだ。そんなにいうなら、ウルファがお手本《てほん》みせてよ」

タカトは不満《ふまん》そうにいって、自由帳《じゆうちょう》のページをひらき、えんぴつといっしょに差《さ》しだした。

「はい。うまく描《か》けるんでしょ？」

ウルファは、うっ、と詰《つ》まって、

「い、いいぜ。オレ様《さま》の実力《じつりょく》、みせてやらあ！」

「おねがいします～」

「よ、よ～し……」

と、ウルファはおそるおそる、えんぴつを手《て》にとる。

しばらく迷《まよ》ってから、ぎゅっ、とにぎった。グーで。

「こうやって、こうやってだな……」

ぐにゃぐにゃ。

ぐにゃぐにゃぐにゃぐにゃ。

ぐにゃあ〜〜〜〜〜〜〜〜。

「でっ、できたぜ！」

「………ふっ」

「オイコラ！　鼻《はな》で笑《わら》うんじゃねえっ！　せめて、なんかいえよ！　傷《きず》つくだろうが！」

「人《ひと》の絵《え》をへたくそなんていうから、うまいのかと思《おも》ったら……。ぼくが井《い》の中《なか》の蛙《かわず》なら、ウルファの絵《え》は**踊《おど》るミミズ**じゃないか」

「るせえ！　あたりまえだ！　絵《え》が絵《え》を描《か》けたら、おかしいだろうがッ！」

ひらきなおってる。

自分《じぶん》で描《か》くっていったんじゃないか……。

「絵《え》っていうのは、**人間《にんげん》にしか描《か》けねえもん**

なんだよ！　天《てん》が人《ひと》だけに与《あた》えた、**特別《とくべつ》なチカラ**なんだ！」

「ピンとこないけどなあ……」

「はるか古代《こだい》、文字《もじ》が生《う》まれるずっと前《まえ》から、人間《にんげん》は絵《え》を描《か》いていたんだ。紙《かみ》に、布《ぬの》に、洞穴《ほらあな》の壁《かべ》に、あらゆるカタチを描《か》きつづけてきた。その積《つ》み重《かさ》ねが、絵画《かいが》の魔術《まじゅつ》――**画術《がじゅつ》**となって、発展《はってん》していった。常識《じょうしき》だろうがよッ」

「聞《き》いたこともありませ～ん」

タカトは、べえっと舌《した》をだす。

「ともかく！　いまのおまえの腕《うで》じゃ、まるで話《はなし》にならねえ！」

ウルファは腕組《うでぐ》みし、フンッと鼻息《はないき》をもらす。

「きちんとした先生《せんせい》に、絵《え》を習《なら》わねえと……」

「**やだ！**」

タカトはぶるりと首《くび》を振《ふ》る。

「絵《え》を習《なら》うなんて、ぜーったい、**やだからね！**」

その剣幕《けんまく》の強《つよ》さに、ウルファは、うっ、と詰《つ》まってしまう。

「んなことじゃ、いつまでたってもオレ様《さま》の真《しん》の姿《すがた》を描《か》けるようになんねえぞ！」

「……べつにいいじゃんか、描《か》けなくても」

口《くち》の中《なか》だけでつぶやく。

「……ぼく、ウルファのいまの姿《すがた》、**気《き》に入《い》ってるしさ**」

「なんかいったか？」

「いや、なんにも」

タカトはぶんぶん首《くび》を振《ふ》る。

描《か》きなおさなくていいなんていおうものなら、またどやされてしまうのだ。

「やっぱり、こいつの絵《え》の腕《うで》を上《あ》げるなんて、時《じ》間《かん》がかかりすぎるぜ……。ほかの方法《ほうほう》を探《さが》さねえと……」

ウルファはひとりでうなずいて、びしっ、とタカトを指《ゆび》さした。

「探《さが》せ、タカト！　オレ様《さま》を、もとの姿《すがた》にもどす方法《ほうほう》を！」

「ぼく、そんなの知《し》らないよう〜……」

「知《し》らないなら、だれかに訊《き》けよ！　知《し》ってるやつが、きっといる！」

なんの気《き》なしに、ウルファはつづけた。

「**友達《ともだち》にでも訊《き》け！**」

「う……」

と、タカトは口《くち》ごもる。

きゅうに口《くち》ごもった、タカトを見《み》やって。

ウルファは首《くび》をかしげて、確認《かくにん》する。

「友達《ともだち》いるよな？　タカト」

「……い」

タカトは、一瞬《いっしゅん》だけ迷《まよ》って。

力《ちから》いっぱい、いい切《き》った。

「**いるよ！**　いるにきまってるじゃないか！　友達《ともだち》くらい！」

「よし、きまりだ！」

ウルファは、パンッと手《て》を叩《たた》いた。

「オレ様《さま》をもとの姿《すがた》にもどす方法《ほうほう》。明日《あした》、学校《がっこう》で友達《ともだち》に、訊《き》いてこい！」

## 3 思《おも》い出《で》の女《おんな》の子《こ》

「う、ウソだよう～……。友達《ともだち》なんて、いないよう～………」

翌日《よくじつ》の昼休《ひるやす》み。

南神絵《みなみかみえ》小学校《しょうがっこう》新校舎《しんこうしゃ》、5年《ねん》1組《くみ》の教室《きょうしつ》。

給食《きゅうしょく》を食《た》べ終《お》えたクラスメイトたちは、あっという間《ま》にグループになって、わいわいと校庭《こうてい》へ出《で》ていってしまった。

みんな出払《ではら》った教室《きょうしつ》のなか。

タカトはひとり、ぽつん。

「……友達《ともだち》がいたら、苦労《くろう》してないってばあ～……」

がっくりと肩《かた》を落《お》として、うなだれてしまう。ウルファにウソをついてしまった。

願《ねが》いごとは、かなったんだ。

伝説《でんせつ》の絵画《かいが》に認《みと》められて(?)、願《ねが》いはかなった。「友達《ともだち》がほしい」って願《ねが》いごと。

でもできたのは、**絵《え》の友達《ともだち》だ**。人間《にんげん》の友達《ともだち》は、いまだ**ゼロ**。

「友達《ともだち》に訊《き》けって、かんたんにいうよなあ……。ウルファは絵《え》だから、人間《にんげん》の子《こ》どもの苦《く》労《ろう》が、わからないんだよう～……」

タカトはぶつぶつ文句《もんく》をいう。

「その勇気《ゆうき》がないから、ぼっちなんだよう……」

そりゃあ、タカトだって、友達《ともだち》を遊《あそ》びに誘《さそ》ったことくらいある。

けれど、

(タカト、ほんとにオレらと遊《あそ》びてえの？)

(タカトと遊《あそ》んでも、なんか、つまんね～んだよなあ……)

一度《ど》そういわれて、ぽっきり心《こころ》が折《お》れてしまった。

タカトは自分《じぶん》に自信《じしん》がない。

勉強《べんきょう》も運動《うんどう》もできないし。みんなを笑《わら》わせることもできないし。

ゆいいつ、自信《じしん》を持《も》っていたのは――。

「**絵《え》が、描《か》ければなあ……**」

前《まえ》の学校《がっこう》でできた友達《ともだち》も、仲良《なかよ》くなったきっかけは絵《え》だった。

好《す》きな絵《え》を描《か》いてたら、ぐうぜん見《み》かけたクラスメイトが、声《こえ》をかけてくれたから仲良《なかよ》くなれたんだ。

タカトはいつも、そうだった。仲良《なかよ》くなるきっかけは、いつも絵《え》だった。

なかでも、いちばん印象《いんしょう》に残《のこ》っているのは――。

「あの子《こ》、いま、どうしてるかなあ……」

タカトはぼんやり、思《おも》いだす。

もう何年《なんねん》も前《まえ》のことなのに、いまでもあざやかに思《おも》いだせる声《こえ》。

タカトに夢《ゆめ》を抱《いだ》かせてくれた、**ひとりの女《おんな》の子《こ》**のことを。

◇◆◇　◇◆◇　◇◆◇

数年前《すうねんまえ》、引《ひ》っ越《こ》してくる前《まえ》のことだ。

近所《きんじょ》の公園《こうえん》で、タカトが自由帳《じゆうちょう》に絵《え》を描《か》いていると、その子《こ》はわきをとおりがかった。

タカトの描《か》く絵《え》を一目《ひとめ》見《み》るなり、声《こえ》をかけてきた。

「すごい！　なんてすてきな、絵《え》なんだろう！」

タカトよりもすこし歳上《としうえ》の女《おんな》の子《こ》だった。

あざやかなレッドの瞳《ひとみ》に、同色《どうしょく》の流《なが》れるような髪《かみ》。

目《め》をキラキラさせて、タカトの自由帳《じゆうちょう》をのぞきこんでいる。

タカトは、きょとんとしてしまう。

「ちょっといいかい？　よく、見《み》せてほしい」

女《おんな》の子《こ》はいうと、有無《うむ》をいわさずタカトのとなりに座《すわ》りこんだ。

そうして、自由帳《じゆうちょう》のページをめくりはじめた。

まるで世界《せかい》のどこかに隠《かく》されていた、伝説《でんせつ》の財宝《ざいほう》でもみつけたみたいに、瞳《ひとみ》を輝《かがや》かせながら。

「この線《せん》、いいね！　ちょっぴり気《き》まぐれで、でもやさしくて！」

「この色《いろ》、すてきだよ！　ひだまりみたいで、ぽかぽかするよね！」

「すごい！　いいな！　好《す》きだなあ！」

**「わたし、きみの描《か》く絵《え》、大好《だいす》きだよ！」**

「そ、それは……ありがと……う……」

タカトはめちゃくちゃ照《て》れてしまう。

（が、外国《がいこく》の子《こ》なのかな……？）

あけっぴろげな感情表現《かんじょうひょうげん》も、ちょっぴりへんてこな言葉《ことば》づかいも、タカトの小学校《しょうがっこう》のクラスメイトたちとはすこしちがった。

「わたし、**アリス**！　わたしも絵《え》を描《か》くのが、大好《だいす》きなんだ！　タカトといっしょだね！」

宝石《ほうせき》みたいに、目《め》をキラキラさせて言《い》うのだ。

「絵《え》って、神様《かみさま》がくれた言葉《ことば》なんだよね！　タカトなら、わかるでしょう!?」

タカトはドキドキしながら、うなずいた。

「ねえ、タカト！　**いつかいっしょに、絵《え》を描《か》こう！**」

「いっしょに……？」

「世界中《せかいじゅう》の人《ひと》を幸《しあわ》せにするような絵《え》を描《か》くの！　いっしょになろう！　——**神絵師《かみえし》に！**」

「わ、わかった！」

「約束《やくそく》だよ！　——また会《あ》おうね！」

女《おんな》の子《こ》はぶんぶんと手《て》を振《ふ》り、去《さ》っていった。登場《とうじょう》するときも、去《さ》り際《ぎわ》も、ほんとにとうとつな女《おんな》の子《こ》だった。

会《あ》ったのは、その一度《いちど》きり。タカトは何度《なんど》も公園《こうえん》をさがしたけれど、彼女《かのじょ》は二度《にど》とあらわれなかった。

けれど、女《おんな》の子《こ》は、たしかに熱《ねつ》を残《のこ》してくれた。

(世界中《せかいじゅう》の人《ひと》を幸《しあわ》せにできるような、神絵師《かみえし》になる、か……)

夢《ゆめ》を抱《いだ》いたんだ。

こんなぼくでも、絵《え》を描《か》くことだったら。

**なりたかった自分《じぶん》に、なれるかもしれない**……って。

◇◆◇　◇◆◇　◇◆◇

「……昔《むかし》のことは、いいの！」

だれもいない教室《きょうしつ》でひとり、タカトはぶるりと首《くび》を振《ふ》る。

いまのタカトは、もうわかってる。

夢《ゆめ》なんて、抱《いだ》くべきじゃないんだって。

「そんなことより……今日《きょう》こそ！　人間《にんげん》の友達《ともだち》を、つくるんだ……！」

鼻息荒《はないきあら》く、決意《けつい》する。

『**うだうだすることもある！　でも、ひきずらないこと！**』

絵上家《えがみけ》の108ある家訓《かくん》の1つなのだ。

「……友達候補《ともだちこうほ》は、きまってるんだよね」

もうグループができてるところに声《こえ》をかけるのは、ハードルが高《たか》い。

ぼっちが狙《ねら》うなら、おなじくぼっちだ。

そして、南神絵小学校《みなみかみえしょうがっこう》5年《ねん》1組《くみ》に、タカト以外《いがい》にぼっちの子《こ》は、たった一人《ひとり》。

「……**宇佐見《うさみ》ユーリ**くんだ」

**宇佐見悠里《うさみゆうり》。**5年《ねん》1組《くみ》、出席番号《しゅっせきばんごう》2番《ばん》。

背《せ》の順《じゅん》は一番前《ばんまえ》で、席《せき》も一番前《ばんまえ》。

いつも背《せ》すじをのばして座《すわ》ってる、まじめな顔《かお》つきをした男《おとこ》の子《こ》だ。

友達《ともだち》といっしょに遊《あそ》んでるところを見《み》たことない。

休《やす》み時間《じかん》は、たいてい一人《ひとり》で本《ほん》を読《よ》んでいる。

みんなが冗談《じょうだん》をいって笑《わら》いころげてるときでも、輪《わ》にはいらない。

ただ、みんなの顔《かお》を、じ〜っとみつめてるだけ。

(宇佐見《うさみ》って、なに考《かんが》えてるかわからないんだよな〜……)

(あいつって、笑《わら》うことあんのか？　表情《ひょうじょう》がぜんぜん、変《か》わらね〜し)

(……じつは、機械《きかい》なんじゃ？)

ついたあだなは、『AI《エーアイ》ユーリ』。

この教室《きょうしつ》に生息《せいそく》する、希少《きしょう》なぼっちとなっているのだった。

(宇佐見《うさみ》くんだって、ぼっちはいやなはずだもんね……！　友達《ともだち》になってくれるはず！)

ということで、今日《きょう》は休《やす》み時間《じかん》になるたびに、ユーリのほうを気《き》にかけていたのだった。

ユーリはこのところ、昼休《ひるやす》みになると、さっさとどこかにいってしまう。

今日《きょう》も給食《きゅうしょく》を食《た》べ終《お》えると、席《せき》を立《た》って教室《きょうしつ》を出《で》ていった。

（宇佐見《うさみ》くんに、話《はな》しかけるんだ！）

タカトは決意《けつい》を固《かた》めると、席《せき》を立《た》った。

## 4 おつかいウルファ！

「あれ……。いないなぁ……」

校舎《こうしゃ》のなかに、ユーリの姿《すがた》はなかった。

校庭《こうてい》へ出《で》る。楽《たの》しそうにサッカーしているクラスメイトたちを尻目《しりめ》に、こそこそとさがす。こちらもみあたらない。

ほかに、さがしてないところは……。

「うう。**旧校舎《きゅうこうしゃ》**かあ……」

創立《そうりつ》百四十年《ねん》を超《こ》える南神絵小《みなみかみえしょう》には、むかし使《つか》われていた旧校舎《きゅうこうしゃ》がまだ残《のこ》ってるのだ。

裏山《うらやま》の上《うえ》、昼間《ひるま》でも薄暗《うすぐら》い未舗装《みほそう》の道《みち》を、のぼったところに建《た》っている。

旧校舎敷地《きゅうこうしゃしきち》への立《た》ち入《い》りは禁止《きんし》されているし、どうせ古《ふる》い校舎《こうしゃ》があるだけだし……なにより**幽霊《ゆうれい》が出《で》る**っていううわさがあって、だれも寄《よ》りつかないけれど。

のぼっていくと……**みつけた**。

旧校舎《きゅうこうしゃ》へのぼる道《みち》の途中《とちゅう》に、拓《ひら》けたちいさな広場《ひろば》がある。突《つ》きだした丘《おか》のようになっていて、眼下《がんか》にグラウンドを見下《みお》ろせる。

植《う》えこみわきの古《ふる》いベンチに、ユーリはひとりで座《すわ》っていた。

じっ、とグラウンドの方《ほう》を見下《みお》ろして、なにやらせっせと手《て》を動《うご》かしている。

……なにしてるんだろう？


「首尾《しゅび》はどうだ？　タカト」


とつぜんひびいた声《こえ》に、タカトは跳《は》ねあがった。

（ゆ、**ユーレイ**……!?）

とっさにあたりを見回《みまわ》すけれど、だれもいない。

「こっちだ、こっち」

見上《みあ》げると……**ウルファだ！**

背《せ》の高《たか》い木《き》の上《うえ》、太《ふと》い枝《えだ》に腰掛《こしか》けて、足《あし》をぶらぶらさせてタカトを見下《みお》ろしている。

「う、ウルファっ！　なんで、学校《がっこう》にいるのっ？」

「これ、届《とど》けにきてやったんだよ」

ウルファは、持《も》っていた手提《てさ》げ袋《ぶくろ》に手《て》をつっこんだ。

ごそごそと取《と》りだしたのは、社会《しゃかい》の教科書《きょうかしょ》だ。午後《ごご》の授業《じゅぎょう》で使《つか》うやつ。

「忘《わす》れもの、届《とど》けにきてくれたの？」

「感謝《かんしゃ》しろよな。画獣最強《がじゅうさいきょう》の戦士《せんし》たるオレ様《さま》に、こうして届《とど》け物《もの》をしてもらえることを」

おつかいにやってきた最強《さいきょう》の戦士《せんし》は、そういって得意《とくい》げに胸《むね》をはってみせた。

「にしても、なつかしいな。南神絵小《みなみかみえしょう》か。昔《むかし》は、校舎《こうしゃ》は上《うえ》にあったんだぜ」

興味深《きょうみぶか》そうに山《やま》の上《うえ》を見上《みあ》げ、それから眼下《がんか》を見下《みお》ろした。

グラウンドでは、クラスメイトたちが、わあわあと楽《たの》しそうにサッカーをしている。

「あ、ありがとう！　でも家《いえ》から出《で》てきちゃ、ダメなんじゃないの？」

画獣《がじゅう》の存在《そんざい》は、絵師《えし》でない人《ひと》たちに知《し》られてはならない。

それも画獣《がじゅう》の掟《おきて》の一つらしいって、お父《とう》さんはいっていた。

「ケッ。一日中《にちじゅう》、家《いえ》でじっとなんかしてられるか。問題《もんだい》ねえよ。あえて姿《すがた》を見《み》せねーかぎり、**ふつーのやつらにゃオレたちの姿《すがた》は視《み》えねえんだ**」

ウルファは、フンッと鼻息《はないき》をもらす。

「へ～……。画獣《がじゅう》って、すごいんだねえ……。**ぱちぱちぱち**」

「ヘッ、よせよせ」

タカトがとりあえず拍手《はくしゅ》すると、得意《とくい》げに胸《むね》をはっている。

(最強《さいきょう》の戦士《せんし》のわりに、チョロいんだよなあ、ウルファ……)

ウルファのあつかい方《かた》を、学《まな》びつつあるタカトだ。

「それより、首尾《しゅび》はどうなんだ？　わかったか？　オレ様《さま》をもとの姿《すがた》にもどせる方法《ほうほう》」

ウルファは、ひょいっと木《き》から飛《と》び降《お》りて、身軽《みがる》に地面《じめん》に着地《ちゃくち》した。

「友達《ともだち》に、訊《き》いたんだろ？」

「うっ……」

と、タカトはつまってしまう。

「ちょ、ちょうどいまから、訊《き》こうと思《おも》ってたところだよ！」

「まだ訊《き》いてなかったのかよ？　タカトってほんと、のろまだよなあ」

ウルファはやれやれと肩《かた》をすくめて、

「じゃ、さっさと訊《き》いてこい」

「ちょ、ちょっとまってよ。勇気《ゆうき》がいるんだってば」

「……ん～？」

ウルファは怪訝《けげん》そうに首《くび》をかしげた。

タカトの顔《かお》を、じいっとのぞきこんで、

「……おまえほんとうに、**友達《ともだち》、いるんだろうな？**」

「い、いるよ！」

「ほんとだな？」

「ほんとだよ！　ひゃ、１００人《にん》くらい、いるよ！」

絵上家《えがみけ》の家訓《かくん》の１つ。

『**ウソはつきとおせば、ウソじゃなくなる！（かもしれない）**』

……この家訓《かくん》については、正直《しょうじき》、どうかと思《おも》うんだけど。

「じゃあ、パパッと訊《き》けよ。あいつか？」

ウルファはいって、向《む》こうに座《すわ》るユーリをみやった。

ユーリはあいかわらず、グラウンドを見下《みお》ろし、さかんに手《て》を動《うご》かしている。

ウルファは、ニヤッと笑《わら》った。

「なかなか、おもしろそうなヤツじゃねえか。……さ、訊《き》いてこい」

「う、うん……」

けれど、タカトはなかなか踏《ふ》み出《だ》せない。

声《こえ》をかければいいだけなのに。

でも、いやだよって言《い》われちゃったら？

**（タカトと遊《あそ》んでも、なんか、つまんね～んだよなあ……）**

**（みんなでサッカーしてんのに、おまえ楽《たの》しそうじゃねーしさ）**

**（タカト、ほんとにオレらと遊《あそ》びてえの？）**

胸《むね》張《は》って、『**友達《ともだち》になろうよ！**』って、いえなくなっちゃったんだ。

「……ご、ごめん、ウルファ」

タカトは白状《はくじょう》した。

「ほんとは友達《ともだち》、**いないんだ**……。あの子《こ》も、べつに、友達《ともだち》じゃないんだよ……」

「んなこったろうと思《おも》ったぜ」

うなだれるタカトに、ウルファはやれやれと肩《かた》をすくめる。

「なんで、ウソなんてついたんだよ？」

「ウルファ、あきれちゃうかなって……」

「おう。あきれてらあ」

「うう～……。だって、ぼく……」

「かんちがいすんじゃねえ。オレ様《さま》は画獣《がじゅう》だ。マスターに友達《ともだち》がいるとかいないとか、そんなことはどうでもいい」

しょんぼりするタカトの目《め》を、じっと見《み》やってつづける。

「あきれてるのは……**そんなことで、ウソついたことにだ**」

「………」

「画獣《がじゅう》にとって大切《たいせつ》なのは、**人間《にんげん》が、てめえが描《か》いたものを信《しん》じてくれるかどうか**ってことだけだ。信《しん》じてもらえねえのが、オレたちは一番《いちばん》、悲《かな》しいのさ。オレたちは、人《ひと》の願《ねが》いそのものなんだからな」

まっすぐ、力強《ちからづよ》い瞳《ひとみ》でいう。

その瞳《ひとみ》の輝《かがや》きだけは、タカトの描《か》いたウルファの姿《すがた》も、あの伝説《でんせつ》の絵画《かいが》に負《ま》けてないよなって思《おも》う。

タカトは気《き》づいた。

ウルファの首《くび》もとに、タカトがプレゼントした首輪《くびわ》が巻《ま》かれていることに。

「……**装備《そうび》はきちんと身《み》につける主義《しゅぎ》だ**」

ウルファはぽりぽりと頭《あたま》をかいた。

腕《うで》に巻《ま》かれたバンダナを1枚《まい》はずす。

「そら、おまえも腕《うで》だせ」

「腕《うで》？」

「**契約《けいやく》の儀式《ぎしき》**だ。このまえは、省略《しょうりゃく》しちまったからよ。たがいに装備《そうび》を渡《わた》して身《み》につける。人《ひと》と画獣《がじゅう》の、契約《けいやく》の儀式《ぎしき》なんだ」

差《さ》しだしたタカトの腕《うで》にバンダナを巻《ま》きつけ、ぎゅっ、と縛《しば》った。

「**『なにがあってもたがいへの信頼《しんらい》を忘《わす》れないように』**。……古《ふる》くせえ儀式《ぎしき》だけど、いちおうな」

いって、そっぽを向《む》いている。

ふたりの腕《うで》に巻《ま》かれたバンダナが、風《かぜ》にふかれてふわりと揺《ゆ》れる。

タカトはちょこんと頭《あたま》を下《さ》げた。

「ウソついてごめんね、ウルファ」

「わかりゃいい。未熟《みじゅく》な描《か》き手《て》を導《みちび》くのも、オレたちの役目《やくめ》だ。昔《むかし》から、画獣召喚《がじゅうしょうかん》なんざしちまう子《こ》どもは、みんな、どこか変《か》わってやがるのさ。――それに、知《し》ってるか？」

ニヤッとキバをゆがめて笑《わら》った。

**「……ウソはつきとおせば、ウソじゃなくなるんだぜ？」**

あ、ワル～い顔《かお》……。

「ともだちの作《つく》り方《かた》くらい、オレが教《おし》えてやる。オレ様《さま》、ともだち100人《にん》いたからな」

「ほんと？」

「ああ。必勝法《ひっしょうほう》がある。このやり方《かた》なら、かんたんにともだちができるぜ」

「すごい！」

「教《おし》えてやるよ。いまからオレの、いうとおりにするんだぜ」

「わかった！　やってみる！」

と、いうことで……。

## 5 ウルファの秘策《ひさく》……？

「宇佐見《うさみ》くん！」

タカトは植《う》えこみの陰《かげ》に踏《ふ》み入《い》っていくと、ユーリに声《こえ》をかけた。

ウルファに言《い》われたとおりに、正面《しょうめん》から相手《あいて》をみつめる。

胸《むね》をはって、足《あし》を踏《ふ》んばる。

ユーリが、ビクッと体《からだ》をふるわせた。

「……絵上《えがみ》くん？」

ベンチから立《た》ちあがり、タカトに向《む》きなおる。

「そうか、絵上《えがみ》くんだったんですね。茶々丸《ちゃちゃまる》が言《い》っていた、不穏《ふおん》な気配《けはい》の原因《げんいん》は……」

警戒《けいかい》するようにまゆをひそめて、じっとタカトをみやってくる。

（な、なんだか、警戒《けいかい》されてるよう……？）

（だいじょうぶだ。オレのいうとおりにしろ）

背中《せなか》から聞《き》こえるウルファの声《こえ》に、タカトはうなずいて進《すす》みでる。

ユーリがますます警戒《けいかい》する。

「なんの用《よう》ですか？　絵上《えがみ》くん」

（オレのいうとおりに、いうんだぞ。ともだちのできる、必勝法《ひっしょうほう》だ。さあ、いえ！）

タカトはうなずき、力《ちから》いっぱいさけんだ。


「**どっちが強《つよ》いか、勝負《しょうぶ》しようぜ！　負《ま》けたらオレの、子分《ともだち》になれッ！**

**――――って、なんで勝負《しょうぶ》なのさああああっ!?**」


自分《じぶん》で自分《じぶん》にツッコんだ。

「なにいわせるのさあっ！」

涙目《なみだめ》になって振《ふ》りかえると。

茂《しげ》みのなかから、ウルファが一言《ひとこと》、

「**子分《ともだち》**ほしいって、いったじゃねーか」

「字《じ》がちがう気《き》がする！」

**「闘《たたか》う↓勝《か》つ↓恐《おそ》れ入《い》りました！　子分《ともだち》にしてください！↓子分《ともだち》になる。**……オレはこうやって、ともだち100人《にん》つくったぞ？」

「友達《ともだち》のつくり方《かた》が、特殊《とくしゅ》だよう～……！」

誇《ほこ》らしそうに胸《むね》を張《は》るウルファに、タカトはぶんぶん首《くび》を振《ふ》る。

「教《おし》えてほしいのは、人間《にんげん》の友達《ともだち》のつくり方《かた》！　画獣《がじゅう》のじゃなくて！」

「……そんなの、**オレが知《し》るわけねえじゃねえか……**」

「絵《え》を頼《たよ》ったぼくがバカでした……」

シクシクと泣《な》いてしまうタカトだった。

「なるほど……。どっちが強《つよ》いか、勝負《しょうぶ》、ですか……」

黙《だま》っていたユーリが、ぼそりと口《くち》をひらいた。

「つまりは、**決闘《けっとう》を申《もう》しこむ**、と……」

「いや、宇佐美《うさみ》くん！　これは誤解《ごかい》で！」

「負《ま》けたら**絵上《えがみ》くんの子分《こぶん》となって、命令《めいれい》にしたがえ**と、そういうことですか……？」

「ま、そーゆーことだな！」

「ウルファは黙《だま》ってて！」

「どうやら、茶々丸《ちゃちゃまる》の言《い》うとおりのようです……。絵上《えがみ》くん、見《み》た目《め》によらず、**好戦的《こうせんてき》な人《ひと》**だ……。おなじ小学生《しょうがくせい》とは思《おも》えない……」

じっとタカトを見据《みす》えて言《い》う。

「降《ふ》りかかる火《ひ》の粉《こ》は、払《はら》わなければなりません。——**茶々丸《ちゃちゃまる》**」

ユーリが口《くち》にした、とたん。

ガサガサガサッ！　わきの茂《しげ》みが大《おお》きく揺《ゆ》れて、

**「先手必勝《せんてひっしょう》やああああああああああっ！」**

さけびながら、なにか——飛《と》びだしてくる！

星柄《ほしがら》のスカーフ。両手《りょうて》に真《ま》っ赤《か》なパンチンググローブ。

一本《ぽん》ヅノの生《は》えた、デカウサギ。

**（が、画獣《がじゅう》だ!!）**

あぜんと立《た》ち尽《つ》くしたタカト向《む》かって——。

突進《とっしん》してくる！

**「やぶれかぶれのッ！　パンチでゴンッツ！　やあああああッッッ！」**

パンチンググローブを振《ふ》りかぶる。

「よっ！　と」

声《こえ》とともに、タカトの体《からだ》は、ぽおんと宙《ちゅう》を舞《ま》った。

ウルファがタカトの襟首《えりくび》をひっつかんで、ジャンプしたのだ。

ウサギ画獣《がじゅう》のパンチが空《くう》を切《き》る。

ウルファはタカトを抱《かか》えると、地面《じめん》にすたんと着地《ちゃくち》した。

ウサギ画獣《がじゅう》は、勢《いきお》いそのまま。

地面《じめん》にひざから、崩《くず》れ落《お》ちて、

**「はずしたあああああ――――っ！」**

バッシバッシと地面《じめん》を叩《たた》いて、

**「もうっ！　おしまいやあああああ――――っっ！」**

オイオイと泣《な》きはじめる。

「これでワイの画生《じんせい》は、おしまいやああ……！　血《ち》も涙《なみだ》もない、性根《しょうこん》の腐《くさ》った画獣《がじゅう》に、煮《に》たり焼《や》いたりウサ鍋《なべ》にされて、**喰《く》われてしまうんやああ～……！**」

タカトはぽかんとしてしまう。

（ウルファ以外《いがい》の画獣《がじゅう》……。これって……）


「やっぱりだ！」

わめく画獣《がじゅう》に、ウルファが声《こえ》を張《は》りあげた。

身《み》をのりだしてまじまじと見《み》やるウルファの目《め》が、うれしそうに輝《かがや》いている。

「アル！　おまえ、**弱虫《よわむし》アルじゃねえかっ！**」

「**ひいいいいいいいいっっっ！**」

「タカト！　こいつは、アル！　オレの昔《むかし》の子分《ともだち》のひとりだ！」

「か、かんにんしてやあ〜！　いじめんといてやあ〜！　ウサ鍋《なべ》にせんといてやあ〜！」

うれしそうに言《い》うウルファのわきで、ウサギ画獣《がじゅう》は逃《に》げようとして、ウルファにスカーフをひっつかまれて阻止《そし》されている。

「……なんか、めっちゃ怖《こわ》がってるんだけど……？　ウルファ」

「こーいう性格《せいかく》なんだよ！　な？　アル！」

「**ひいいいいいいい……。**おたすけええ〜……！　アメちゃんあげるからぁ〜……！」

ウサギ画獣《がじゅう》はわめいて、顔《かお》を上《あ》げて。

「……って、あれ？　どなたです？」

きょとんとして、おそるおそる、ウルファの顔《かお》をみやってる。

「フェンリルの……あんさん……？」

不思議《ふしぎ》そうに、首《くび》をひねってる。

「そうだ！　オレ様《さま》だ！　おまえらの親分《おやぶん》！　**《戦狼《せんろう》フェンリル》だぜッ！**」

「……うそやん。ほんまに、フェンリルのあんさんやん」

ウサギ画獣《がじゅう》は、ぱちぱちと目《め》をまたたいた。

ウルファの姿《すがた》を、頭《あたま》の上《うえ》からつま先《さき》まで、じいい～っ……と見《み》やって。

ぽんぽん、とたしかめるように、頭《あたま》を叩《たた》いて。

**ブフッッ!!**

……噴《ふ》きだした。

「**めっちゃ、チビんなっとる――――っ!!**」

腹《はら》を抱《かか》えて、笑《わら》いはじめる。

「やば、うけるやん！　**ひいっ！　かわいいっ！**」

「てめえ、笑《わら》うんじゃねえッ！　**かわいいってゆーな!!**」

「あの乱暴者《らんぼうもの》のフェンリルのあんさんが！　しばらく見《み》んうちに、チビっこに！　**うははははは！**」

「笑《わら》うなっていってんだろがあああ〜！」

ひいひいと笑《わら》うウサギ画獣《がじゅう》に、ウルファが顔《かお》を真《ま》っ赤《か》にして怒鳴《どな》る。

ユーリもタカトも、顔《かお》をみあわせた。

「どういうこと？　ウルファ」

「どういうことですか？　茶々丸《ちゃちゃまる》」

# 6 はじめての仲間《なかま》

「こいつは、アルってんだ。**画獣《がじゅう》《アルミラージ》**。オレの子分のひとり《ともだち》だ」

しばらくして、ウルファはようやく、ウサギ画獣《がじゅう》を紹介《しょうかい》してくれた。

苦々《にがにが》しげに鼻息《はないき》をもらして、つづける。

「みてのとおりの、お調子者《ちょうしもの》のアホだ」

「だって……。しかたないですやん……。フェンリルのあんさんが、チビっこに……」

腹《はら》を抱《かか》えて、また笑《わら》いだしかける。

ウルファに殴《なぐ》られて、なんとか止《と》まった。

「いまは、〝**茶々丸《ちゃちゃまる》**〟いいますねん。さっきは、えろうすんまへん、タカトはん。画獣《がじゅう》の気配《けはい》が迫《せま》ってきたもんやから、やられる前《まえ》にいてもうたれ思《おも》って、つい先制攻撃《せんせいこうげき》を……」

ウサギ画獣《がじゅう》――茶々丸《ちゃちゃまる》は、タカトに向《む》きなおり、両手《りょうて》をそろえてぺこりと頭《あたま》を下《さ》げた。

思《おも》わずつられてタカトも頭《あたま》を下《さ》げてしまう。

「フェンリルのあんさんとは、昔馴染《むかしなじ》みですねん。あんさんは昔《むかし》から、このとおり、**乱暴《らんぼう》**

も——元気《げんき》な画獣《がじゅう》でしてな。すぐ**ケンカ**——勝負《しょうぶ》したがるし、みんなに**怖《こわ》がられ**——敬《うやま》われてましたんや」

「ヘッ。そういうこった」

「ま、そのくせ**マヌケ**の**ドジ**の**お人好《ひとよ》し**ってんで、ワイらみたいな下級絵画《かきゅうかいが》からも、**笑《わら》われ**——慕《した》われてましたんや」

「人気者《にんきもの》はつらいぜ……」

言葉《ことば》を選《えら》びまくりながらいう茶々丸《ちゃちゃまる》の横《よこ》で、ウルファは胸《むね》を張《は》っている。

「しかし、ほんまうける……。フェンリルのあんさんが、チビっこに……」

「画獣《がじゅう》ってことは、描《か》いたのは……」

また笑《わら》いはじめた茶々丸《ちゃちゃまる》とウルファがケンカになる前《まえ》に、タカトはたずねる。

ユーリが、ちょっとはなれたところから、まじまじとこちらをみやっていた。

「………絵上《えがみ》くん。まちがってたら、いってください。その画獣《がじゅう》……。画風《がふう》はだいぶ、ちがうけど……**フェンリル、ですか……？**」

ぼそりといって、ウルファを指差《ゆびさ》す。

「えっ？　あっ、うん。なんか、そうみた——」

「────す、すごいじゃないですか────!!」

疾風《しっぷう》のごとく駆《か》けてくると、身《み》をのりだしてタカトの顔《かお》をのぞきこんだ。

「《戦狼《せんろう》フェンリル》といったら、**この世《よ》に7枚《まい》しか存在《そんざい》しない**といわれるはじまりの絵画《かいが》の1枚《まい》！　神絵師《かみえし》にしか描《か》けないといわれる、**SS《エスエス》ランクの超《ちょう》レア画獣《がじゅう》ですよ!?**」

「へ、へえ……?」

「僕《ぼく》の調《しら》べたかぎりでは、もう100年以上《ねんいじょう》だれにも描《か》かれていないはずです！　す、すごいなあ……！　どうやって描《か》いたんですか!?　コツなどはありますか!?　**ご、ご教示《きょうじ》ください……！**」

どこからかメモ帳《ちょう》と鉛筆《えんぴつ》を取《と》りだし、まくしたてる。

タカトはあっけにとられてしまう。

「う、宇佐見《うさみ》くん……。近《ちか》い……」

「はっ！　すみません！」

ユーリはあわてて距離《きょり》をとる。

「僕《ぼく》、集中《しゅうちゅう》すると、こうなっちゃうんです！　ごめんなさい！　**近視《きんし》なので！**」

「**え!?**　ううん！　こっちこそ、あとつけたりしてごめんね!?」

力《ちから》いっぱい謝《あやま》るユーリに、思《おも》わずタカトも力《ちから》いっぱい謝《あやま》る。

それから二人《ふたり》で、距離《きょり》をとる。

……どうしよう。

友達《ともだち》づくりがニガテな、ぼっちの二人《ふたり》。

なに話《はな》していいか、わからない。

「え、えっと……」

「じつは前《まえ》から気《き》になっていたんです！　絵上《えがみ》くんのことは！」

困《こま》っていると、ユーリがまたしゃべりはじめた。

「いつも、ぼっちだから！　僕《ぼく》と、おなじだと思《おも》って！」

「それは……そのう……」

いわれてタカトは、口《くち》ごもる。

ユーリは笑《わら》った。

**「いいですよね、ぼっち！」**

「……え？　い、いいの？　ぼっちが？」

タカトは、ぽかんとしてしまう。

「ひ、ひとりだと、つまらなくない？」

「え？　なんでですか？　おもしろいですよ！　だってほら……」

ユーリは不思議《ふしぎ》そうに首《くび》をかしげて、

「壁《かべ》に、ひびがありますし！」

**ビシリ！**　と力《ちから》いっぱい、壁《かべ》を指《ゆび》さすのだ。

さっぱり意味《いみ》が、わからない。

「ひ、ひび……？　ひびが、おもしろいの……？」

「そう！　こっちにも！　あっちにもあるんです！　ぜんぶ、入《はい》り方《かた》がちがうんですよ！」

身《み》をのりだして、訊《き》いてくる。

「**おもしろくないですか!?**」

「うーん……えっと？　おもしろい……かも……？」

「こっちの花《はな》びらはね！　これだけ、1枚《まい》、多《おお》いんです！　僕《ぼく》、このあたりの花《はな》、ぜんぶ数《かぞ》えたんですが、これだけなんです！　**すごくないですか!?**」

「す、すごい……かも……？」

「あっちの雲《くも》はね！　ほら、あれだけちょっと薄《うす》いんです！　**すごくないですか!?**」

「すごい……気《き》がしてきた！」

「**すごい！**」

「**すごいすごい！**」

え？　なんだろう、これ。

のせられたタカトは、よくわからない。

けれどユーリが大真面目《おおまじめ》に、楽《たの》しそうに、あっちこっちを指《ゆび》さすので、つられて楽《たの》しくなってきてしまった。

まるで、これまで見《み》えなかったとびきり面白《おもしろ》いおもちゃが、そこら中《じゅう》に散《ち》らばってるみたいに。

「僕《ぼく》は絵《え》を描《か》くのが……**大好《だいす》きなんです！**」

ユーリの言葉《ことば》に、タカトは息《いき》をのむ。

「世界中《せかいじゅう》にある、いろんなものを描《か》きたいんです！　リンゴも、壁《かべ》のひびも、花《はな》びらも、雲《くも》も！　ぜ～んぶ、おもしろいんですよ！」

いきおいこんでしゃべる、ユーリを見《み》つめながら。

タカトは思《おも》った。

（だれだよ？　機械《きかい》とか、人工知能《じんこうちのう》みたいだなんていったのは）
みんなが冗談《じょうだん》を言《い》って笑《わら》いころげてるときでも、じいっとみつめているだけの男《おとこ》の子《こ》。
ベンチの上《うえ》に置《お》きっぱなしになった、ユーリの自由帳《じゆうちょう》。
ひらいたページに、描《か》きかけの絵《え》があることに気《き》づいた。
……グラウンドでサッカーをしてる、クラスメイトたちの絵《え》。
（クラスのみんなを、描《か》いてたんだ……）
みんなの笑《わら》ってる顔《かお》を、描《か》こうとしてたんだ。
それで一生懸命観察《いっしょうけんめいかんさつ》してたから、自分《じぶん》は笑《わら》わなかったんだ。
ユーリの顔《かお》はいま、ワクワクしている。
瞳《ひとみ》がキラキラしてる。

**（世界中《せかいじゅう》の人《ひと》を幸《しあわ》せにするような絵《え》を描《か》くの！　いっしょになろう！　――神絵師《かみえし》に！）**

あの女《おんな》の子《こ》と、おなじように。

「ユーリはんは、いい絵師《えし》になるで！」

茶々丸《ちゃちゃまる》が声《こえ》を張《は》りあげた。

「いろんなものに興味《きょうみ》を持《も》てる**好奇心《こうきしん》と観察力《かんさつりょく》**は、絵師《えし》の立派《りっぱ》な才能《さいのう》や！　さすが、ワイを描《えが》きだしたマスターや！」

ひょいと肩《かた》をすくめてつづける。

「……ま、集中《しゅうちゅう》しすぎて、人《ひと》と合《あ》わせられへんのが心配《しんぱい》なんやけども。この歳《とし》にして、なるべく人《ひと》とかかわらずに生《い》きていきたい、立派《りっぱ》な**社会不適合小学生《しゃかいふてきごうしょうがくせい》**になってもうて……」

「いいじゃないですか、べつに……」

ユーリが、不満《ふまん》そうにくちびるをとがらせる。

「僕《ぼく》には、夢《ゆめ》があるんです。いつか立派《りっぱ》な……**神絵師《かみえし》になるって夢《ゆめ》が**」

そういって、まぶしそうに空《そら》に手《て》をのばすユーリに。

タカトは、胸《むね》がうずいてしまう。

……絵《え》なんてもう描《か》かないって、きめていたのに。

「僕《ぼく》にはかなえたい、夢《ゆめ》がある。みんなといっしょにいたら、できないこともあるからしかたありません」

（こんなに堂々《どうどう》と、語《かた》れるんだ……）

まわりを気《き》にして友達《ともだち》をつくらなくちゃと焦《あせ》ってた自分《じぶん》とは、ぜんぜんちがう。

ユーリは夢《ゆめ》に向《む》かって一生懸命《いっしょうけんめい》で、みんなとペースがあわせられなかっただけなんだ。

笑《わら》わないなんてこともない。

宣言《せんげん》するユーリの顔《かお》は、ちょっぴり得意《とくい》そうだった。

その顔《かお》を、見《み》ているうちに。

胸《むね》の奥《おく》から、うずうずと湧《わ》いてくる思《おも》いがあった。

(ぼく、宇佐見《うさみ》くんと……)


「それに……」

と。

ユーリはしょんぼり、肩《かた》を落《お》とした。

「みんな、バカにするじゃないですか。僕《ぼく》のこと……」

「そ、そんなことないよ!」

タカトは思《おも》わず、声《こえ》をはりあげる。

「**カッコいいよ!**」

さっきまでは、べつに、ユーリと仲良《なかよ》くなりたいわけじゃなかった。

おなじぼっちだから、仲良《なかよ》くしてくれるかもと思《おも》ってただけだった。

**(タカト、ほんとにオレらと遊《あそ》びてえの?)**

むかし、いわれた言葉《ことば》がよぎった。

ただ一人《ひとり》になりたくないからと声《こえ》をかけたタカトに、みんな、冷《つめ》たかった。

いまはちがう。

(宇佐見《うさみ》くんと、**友達《ともだち》になりたい!!**)

ぽん、と肩《かた》を叩《たた》かれて、振《ふ》り返《かえ》ると、ウルファがタカトをみやってニヤリと笑《わら》った。

タカトはうなずき、口《くち》をひらく。

「宇佐見《うさみ》くん。あのさ。ぼくと、…………にならない?」

「……え?」

聞《き》こえなかったのか、ユーリは首《くび》をかしげている。

タカトは勇気《ゆうき》を振《ふ》りしぼって、おなかの底《そこ》から声《こえ》を張《は》りあげた。

「友達《ともだち》になりたいんだ! 宇佐見《うさみ》くんと!」

ぎゅっ、と目《め》をつぶって、言葉《ことば》をしぼりだす。

「だ、ダメかな……？」

「……ううん。ダメじゃありません」

目《め》をひらくと、ユーリは、恥《は》ずかしそうに頭《あたま》をかいていた。

いつも表情《ひょうじょう》が変《か》わらないユーリの、こんなに子《こ》どもっぽい顔《かお》をはじめて見《み》た。

「茶々丸《ちゃちゃまる》にも、いわれていたんです。僕《ぼく》は一人《ひとり》の世界《せかい》に、こもりすぎだって。でも、ほんとうにいい絵《え》は、**人《ひと》と人《ひと》の〝あいだ〟にあるものだ**、って」

照《て》れくさそうに、鼻《はな》の下《した》をかく。

「だから、ほんとうにいい絵《え》を描《か》けるようになりたいなら、外《そと》の世界《せかい》にも目《め》を向《む》けるべきだって」

「あ、ちゃんとワイのいうこと聞《き》いてたんやな！　ユーリはん」

「僕《ぼく》はいつも聞《き》いてますよ、茶々丸《ちゃちゃまる》。**聞《き》いてるけど、反応《はんのう》しないようにしているだけです**」

「そこは、反応《はんのう》してや……」

がっくり肩《かた》を落《お》とす茶々丸《ちゃちゃまる》に、ユーリはいたずらっぽく笑《わら》ってる。

だんだん、タカトにも、ユーリの表情《ひょうじょう》がわかってきた。

ＡＩ《エーアイ》なんかじゃない。ちいさいだけだ。

照《て》れくさそうに、うれしそうにタカトを見《み》やって……。

二人《ふたり》いっしょに、手《て》をさしだした。

「なりましょう、友達《ともだち》！」

「なろう、友達《ともだち》！」

◇◆◇　◇◆◇

「ったく。世話《せわ》の焼《や》けるマスターだぜ」

握手《あくしゅ》をかわす二人《ふたり》をみやって、ウルファはフフンと笑《わら》ったのだった。

# 第《だい》3話《わ》

# “本《ほん》気《き》”の決《けっ》闘《とう》!
# 昴《すばる》&《アンド》猛《もう》虎《こ》!

## 1　なりたかった自分《じぶん》

**“夢《ゆめ》を持《も》ちなさい”**

大人《おとな》たちはよくいうけれど、タカトは、ピンときたことがなかった。
タカトは自分《じぶん》に、自信《じしん》がない。
勉強《べんきょう》も運動《うんどう》もニガテだし、おもしろいことだってうまく言《い》えない。
夢《ゆめ》っていうのは、お兄《にい》ちゃんみたいに、才能《さいのう》のある子《こ》が持《も》つものだ。
自分《じぶん》には関係《かんけい》ないよ、って。

絵《え》を描《か》きはじめてから。
タカトの胸《むね》には、**自信《じしん》が芽生《めば》えてきた。**
女《おんな》の子《こ》は、瞳《ひとみ》をキラキラさせて、こういってくれた。

**（わたし、きみの描《か》く絵《え》、大好《だいす》きだよ！）**

（世界中《せかいじゅう》の人《ひと》を幸《しあわ》せにするような絵《え》を描《か》くの！　いっしょになろう！　――神絵師《かみえし》に！）

タカトの胸《むね》は、高鳴《たかな》った。
ぼくでも、なれるんだろうか？
自信《じしん》を持《も》って。
胸《むね》を張《は》って。
教室《きょうしつ》のすみっこからみんなをうかがう、ひとりぼっちの自分《じぶん》じゃなくて。
夢《ゆめ》を追《お》って、全力《ぜんりょく》で走《はし》れる自分《じぶん》に。
**なりたかった自分《じぶん》に。**

想《おも》いがうずくと。
頭《あたま》のなかに、きまってひびく言葉《ことば》があった。

**――きみがほんとうに夢《ゆめ》を目指《めざ》すなら、一番大事《いちばんだいじ》なことがある。**
**――〝好《す》き〟だとか、〝楽《たの》しい〟だとか、そんな気持《きも》ちをまず捨《す》てなさい。**

## 2 みんなでだらだらタ～イム！

「絵《え》のっ！　練習《れんしゅう》をっ！　**しろおおおおおおおおおおっ！**」

そよそよ天気《てんき》の、水曜日《すいようび》。

人《ひと》の近寄《ちかよ》らない、旧校舎《きゅうこうしゃ》そばのちいさな広場《ひろば》で。

友達《ともだち》と、木陰《こかげ》のベンチで、ゲームで遊《あそ》んでいたら。

自分《じぶん》の描《か》いた絵《え》に、怒《おこ》られた。

「おまえら、絵《え》を描《か》きにきたんだろっ！　さっきから、サボってばっかじゃねーか！　なにやってやがんだっ！」

「んっとねえ。さっきまでは、マインクラフトで、」

「いまは、大乱闘《だいらんとう》クラッシュブラザーズです」

タカトとユーリは口々《くちぐち》にこたえて、誕生日《たんじょうび》に買《か》ってもらった、ニンテンドーのゲーム機《き》を振《ふ》ってみせる。

「だ、大乱闘《だいらんとう》だとお……？」

ウルファは、そんな乱闘《らんとう》があるなら、自分《じぶん》も大暴《おおあば》れしてやりたい、って顔《かお》して、あたりを見回《みまわ》した。

ぶるりと首《くび》を振《ふ》って、地団駄《じだんだ》を踏《ふ》む。

「ウソつけえっ！　おまえら、さっきから、そのヘンな板《いた》で、がちゃがちゃやってるだけじゃねえかあっ！」

「ゲームっていうんだよ、ウルファ」

タカトは、あきれ顔《がお》でこたえる。

「ぼくたち子《こ》どもは、**一日数時間《にちすうじかん》、これで遊《あそ》ばなきゃいけないんだ。**そうしなきゃいけないって、**ホーリツできまってるんだよ**」

「ま、また、ホーリツかよお？」

「そ〜だよう。やらないと、タイホされちゃうんだよう？」

ウルファが現代社会《げんだいしゃかい》を知《し》らないのをいいことに、テキトーに丸《まる》めこもうとする。

「う、ウソついてねえ？　オレが知《し》らないのをいいことに、だまそうとしてねえ？」

「そんなことないよ。……ねっ？　宇佐見《うさみ》くん」

と、となりに座《すわ》ったユーリに目《め》を向《む》ける。

「はい！　ホーリツで、きまってますよね！　絵上《えがみ》くん」

ゲームを操作《そうさ》しながら、ユーリがこたえる。

こたえる口《くち》のはしっこが、ちょっとだけ、いたずらっぽく笑《わら》ってる。

それを見《み》て、タカトはうれしくなってしまう。

「そ、そういえばさ！　宇佐見《うさみ》くん。おたがいの、呼《よ》び方《かた》のことなんだけどさあ。ぼくのことは……た、〝**タカト**〟って、名前《なまえ》で呼《よ》ぶのはどうかなあ……？」

「？　わかりました。じゃあ僕《ぼく》のことも、〝**ユーリ**〟と」

「わ、わかった。……ユーリ」

「タカト」

「ユーリ」

「タカト」

「**え、えへへへ……！**」と、友達《ともだち》っぽい……。友達《ともだち》っぽいよう～……！」

なにやらしみじみとかみしめていて……ちょっと気持《きも》ち悪《わる》い。

タカトとユーリが友達《ともだち》になってから、ここ数日《すうじつ》。

放課後《ほうかご》は、ずっとこうやって、いっしょに遊《あそ》んでいるのだ。

だいたいは、持《も》ち寄《よ》った自由帳《じゆうちょう》に、それぞれ好《す》きなものを描《か》いている。

ユーリは、あたりに見《み》えるいろんなものや、マンガのキャラクターを手当《てあ》たり次第《しだい》に。

タカトは、好《す》きなゲームのアイテムや、図鑑《ずかん》に載《の》ってた道具《どうぐ》なんかを。特《とく》に、剣《けん》を描《か》くのが好《す》きだ。**カッコいいから。**

描《か》いて見《み》せあい、面白《おもしろ》がって描《か》き足《た》したり。

そうして飽《あ》きたら、持《も》ち寄《よ》ったゲームをして遊《あそ》ぶ。

「楽《たの》しい！」

「楽《たの》しいです！」

ふふんと鼻息《はないき》をつくタカトとユーリに、ウルファはぶるりと首《くび》を振《ふ》って、

「オレ様《さま》をもとの姿《すがた》にもどす方法《ほうほう》は、どうしたんだよっ！」

「だって、結局《けっきょく》、ユーリも知《し》らなかったし……」

「申《もう》し訳《わけ》ありません。本棚《ほんだな》をひっくりかえしたのですが、わかりませんでした。画獣《がじゅう》の情《じょう》報《ほう》は、ネットにも出《で》ませんし……」

「知《し》らなくっても、考《かんが》えろよ！　**三人寄《にんよ》ったらもんじゃを喰《く》え**って、いうだろうがっ！」

「それをいうなら、〝**三人寄《にんよ》れば文殊《もんじゅ》の知恵《ちえ》**〟ですわ～」

横《よこ》から割《わ》って入《はい》ったのは、画獣《がじゅう》《アルミラージ》こと、茶々丸《ちゃちゃまる》だ。

となりのベンチにだらんと寝《ね》そべって、さかんにスマホをいじってる。

「そんで〝文殊《もんじゅ》〟ってのは～。知恵《ちえ》を司《つかさど》ってはる、**文殊菩薩**《もんじゅぼさつ》はんのことですわ～」

スマホの画面《がめん》を、ぽちぽちと連打《れんだ》しながらいう。

「文殊菩薩《もんじゅぼさつ》はんなあ。むかしはよう画獣召喚《がじゅうしょうかん》されて、人間《にんげん》に知恵《ちえ》を与《あた》えてましてん。でもあるとき面倒《めんどう》になって、『きみらいちいちわし呼《よ》びだして訊《き》くより、みんなであつまって相談《そうだん》すればええんとちゃう？　三人《にん》くらいで』って説教《せっきょう》したら、そないなことわざになってしまったと。以前《いぜん》呑《の》んだときにめっちゃ愚痴《ぐち》られましたわ～。……**おっ、SSR**《エスエスアール》**キタ～ッ!!**」

興奮《こうふん》して声《こえ》をはりあげている。

……どうも、ソシャゲのガチャをひいてるみたい。

「スマホゲームいうのは、面白《おもしろ》いもんですわ。ギガレアが出《で》ると、燃《も》えてまう。めっちゃ、ガチャ回《まわ》したくなりますわ」

「課金《かきん》はしないようにしてくださいね、茶々丸《ちゃちゃまる》」

「無料《むりょう》の範囲《はんい》で遊《あそ》ぶんだよ。クレジットカードとか、使《つか》っちゃだめだからね」

ユーリとタカトは念押《ねんお》ししておく。

「アルっ！　おまえなら、知《し》ってるだろっ！　オレをもとの姿《すがた》にもどす方法《ほうほう》！　おまえ物《もの》知《し》りだったじゃねえかっ！」

「え〜。たしかにワイは、画獣一《がじゅういち》の物知《ものし》りのつもりですけど。そないな方法《ほうほう》は、よう知《し》りませんわ〜」

茶々丸《ちゃちゃまる》は、ぽりぽりとおしりをかきながら、

「ざんねんですわ〜。あんさんを元《もと》の姿《すがた》にもどす手助《てだす》けができなくて、とてもざんねんや〜……。**ふわあああ〜……**」

まったく残念《ざんねん》でもなさそうに言《い》い、大口《おおぐち》あけて、あくびをしている。

ウルファは茶々丸《ちゃちゃまる》を縄《なわ》でぐるぐる巻《ま》きにすると、どこからか大《おお》きな鍋《なべ》を持《も》ってきて、中《なか》に放《ほう》りこんだ。

「タカト！　ユーリ！　**おいしいウサ鍋《なべ》を**食《く》わしてやるぜ！」

「みじかい画生《じんせい》やったわ……。さらばや、ユーリはん……。友情《ゆうじょう》フォーエヴァー……」

「なむなむ、茶々丸《ちゃちゃまる》」

「あ、ウサ鍋《なべ》にされそうな友達《ともだち》を絵《え》に描《か》こうとしとる！　やっぱり悪魔《あくま》や、ユーリはんは」

「タイトルは、『**みんなのウサ鍋《なべ》**』」

ひどいわ、ユーリはん〜！　おいおい泣《な》く茶々丸《ちゃちゃまる》に、ユーリはまったく気《き》にせず鉛筆《えんぴつ》を走《はし》らせている。

仲《なか》いいんだね！　タカトは笑《わら》い、え、そうかあ……？　とウルファが口《くち》もとをひきつらせる。

「……ま、ええんちゃいます？　イメチェンってことで」

鍋《なべ》に浸《つ》かってお風呂《ふろ》のようにくつろぎながら、茶々丸《ちゃちゃまる》はいってウルファを見《み》やった。

「その姿《すがた》も、悪《わる》ないですやん。**かわいいし**」

「かわいいですよね」

「かわいいよ」

「だからっ！　**かわいくて、どうするんだよっっ！**」

ウルファがわめく。

拳《こぶし》をにぎりしめ、ぶるぶるとふるわせて、

「オレは、画獣最強《がじゅうさいきょう》の、戦士《せんし》なんだぞ……。それが、このままじゃ、このチビすけの絵《え》がうまくなるまで、ずっと、こんな情《なさ》けない姿《すがた》でいないといけねえって……？　何日《なんにち》も……。何週間《なんしゅうかん》も……」

「……何《なん》ヶ月《げつ》も？」と、ユーリがつづく。

「……何年《なんねん》も？」と、茶々丸《ちゃちゃまる》がつづく。

タカトがトドメを。

「……一生《いっしょう》？」

**「うわあああああああああ————っ!!」**

ウルファは頭《あたま》を抱《かか》えて、しくしくと泣《な》きはじめた。

……最強《さいきょう》の戦士《せんし》なら、泣《な》かないでほしいんだけどなあ。

## 3 いまのままでいい

「……ねえ、ウルファ。何度《なんど》もいうけどさあ」

ユーリたちと別《わか》れたあと。

タカトは歩《ある》きながら、ぼそぼそとウルファに話《はな》しかけた。

すれちがった人《ひと》が、ちらりとタカトを見《み》やり、とおりすぎてゆく。画獣《がじゅう》の姿《すがた》は、ふつうの人《ひと》には見《み》えないのだ。

「いいじゃんか。いまの姿《すがた》のままでもさあ……。いまの時代《じだい》、戦《たたか》うことなんて、べつにないんだし……」

タカトは思《おも》う。

いまのままでいいんだ。

いまのウルファといられるのが、タカトは楽《たの》しい。

タカトが、〝**好《す》き**〟で描《か》いた姿《すがた》なんだから。

あの女《おんな》の子《こ》と――アリスと出会《であ》って、タカトははじめて抱《いだ》いた。

夢《ゆめ》ってやつを。

なりたい自分《じぶん》に、なってみたい。

……**神絵師《かみえし》に、なりたいなって。**

かよったのは、『**アトリエ・黒《シュバルツ》**』という、有名《ゆうめい》な絵画教室《かいがきょうしつ》だった。

才能《さいのう》ある子《こ》どもたちをあつめている教室《きょうしつ》で、生徒《せいと》はみんな、すごく絵《え》がうまかった。

教室《きょうしつ》の先生《せんせい》は、タカトにいった。

**――夢《ゆめ》をかなえるために必要《ひつよう》なのは、〝好《す》き〟って感情《かんじょう》を捨《す》てることだよ。**

**――必要《ひつよう》なのは、いわれたとおりにいわれたとおりの線《せん》を引《ひ》く技術《ぎじゅつ》。そのために、機械《きかい》のように鍛錬《たんれん》を積《つ》み上《あ》げられるかどうか。**

**――好《す》きだとか楽《たの》しいだとかいう感情《かんじょう》は、その鍛錬《たんれん》の邪魔《じゃま》になる。**

**――きみには才能《さいのう》がある。だが、不要《ふよう》なものを持《も》っている。**

**――ほんとうに夢《ゆめ》をめざすのなら、まず。**

**――〝好《す》き〟って気持《きも》ちを、捨《す》てなさい。**

すこしかよっただけで、絵《え》はうまくなったと思《おも》う。
でも、思《おも》うようになった。
**夢《ゆめ》っていったい、なんだっけ?**
どうしてぼくは、そんなもの、かなえたいって思《おも》ったんだっけ?
あんなに描《か》くことが楽《たの》しかったのに、描《か》きたいとは、もう思《おも》わなくなった。
タカトは教室《きょうしつ》を辞《や》めた。
あれからずっと、絵《え》を描《か》くことを避《さ》けていた。
でもこのごろは——ウルファを描《か》いてからは。
前《まえ》みたいに、**楽《たの》しく描《か》けてる。**
それでいいじゃないか。
夢《ゆめ》なんて、どうでもいいよ。
神絵師《かみえし》になんて、ちっともなりたくない。
ぼくは、いまのままがいい。
そう思《おも》うのに……。

「いいじゃないか……。いまのウルファが好《す》きなんだから……」

タカトは、しょんぼりという。

「どうして、ダメなのさ……？」

「……ったく。これだから、チビすけは」

ウルファは、やれやれと肩《かた》をすくめた。

「オレたち画獣《がじゅう》には、**掟《おきて》があるんだ**」

「……掟《おきて》？」

「**人間《にんげん》の指令《しれい》に従《したが》うことだ。**それで、そいつを守《まも》れなくなる場合《ばあい》をのぞいてな」

ピンッとタカトのひたいを指《ゆび》で弾《はじ》く。

「人間《にんげん》を見守《みまも》ること。道《みち》を逸《そ》れたら叱《しか》ること。もしもキケンが迫《せま》ったら、命《いのち》を賭《か》けても守《まも》り抜《ぬ》くこと。……はるか古《いにしえ》から伝《つた》わる、古臭《ふるくせ》え掟《おきて》だ」

言葉《ことば》と裏腹《うらはら》、ウルファの口調《くちょう》は、なんだか誇《ほこ》らしそうだった。

「でも、すべての画獣《がじゅう》が掟《おきて》を守《まも》るわけじゃねえ。絵《え》っていうのは、人《ひと》の願《ねが》いから生《う》まれる。よこしまな願《ねが》いがこめられた絵《え》には、よこしまな画獣《がじゅう》のタマシイが宿《やど》る」

——ワイが察知《さっち》した画獣《がじゅう》の気配《けはい》は、フェンリルのあんさんのものじゃなかったですわ。

茶々丸《ちゃちゃまる》が言《い》っていた言葉《ことば》を思《おも》いだした。

——とても攻撃的《こうげきてき》な画獣《がじゅう》の気配《けはい》やった。

——ようよう気《き》ぃつけてぇな、タカトはん、フェンリルのあんさん。

——世《よ》の中《なか》には、悪《わる》い絵《え》っていうのが、いるもんやで。


ウルファはタカトをみすえて、ニヤッと笑《わら》った。

**「強《つよ》くなけりゃ、だいじなものを守《まも》れねえこともあるのさ」**

「……よく、わかんないよう」

「ま、いまの姿《すがた》のままじゃ、いられねーってこった。こんな、カッコ悪《わる》い姿《すがた》のままじゃよ」

ウルファは、ひょいっと肩《かた》をすくめる。

「あのさあ。いおういおうと思《おも》ってたんだけどさ」

「なんだよ?」

「そりゃ、あのフェンリルの絵画《かいが》は、カッコよかったけど……」

タカトはくちびるをとがらせた。

**「いまのウルファの姿《すがた》だって、カッコいいんだよ。**ぼく、そう思《おも》って描《か》いたんだからね」

「………」

ウルファが、きょとんとした顔《かお》をした。

ぱちぱちと、不思議《ふしぎ》そうに目《め》を瞬《また》いて……。


「──おまえが、絵上《えがみ》タカトか？」


とつぜん背中《せなか》からかけられた声《こえ》に、二人《ふたり》はハッとして振《ふ》りかえる。

男《おとこ》の子《こ》が立《た》っていた。

タカトとおなじくらいの年頃《としごろ》の男《おとこ》の子《こ》だ。

色素《しきそ》のうすい髪《かみ》に、氷色《こおりいろ》の瞳《ひとみ》。ととのった顔立《かおだ》ちをしかめて、タカトをみている。

「その画獣《がじゅう》を──《戦狼《せんろう》フェンリル》を召喚《しょうかん》したのは、おまえか？」

タカトは、ハッとした。

ウルファの姿《すがた》は、ふつうの人《ひと》には見《み》えないはずだ。

ということは……。

「出《で》てきていいぞ。あいさつしろ、**猛虎《もうこ》**」

男《おとこ》の子《こ》がいった、とたん。

わきの風景《ふうけい》が、じわりとゆがんだ。

まるで絵《え》の具《ぐ》が混《ま》ざっていくように、空間《くうかん》がゆがんで、巨大《きょだい》な影《かげ》があらわれる……。

**（ま、また、画獣《がじゅう》だ……!!）**

虎《とら》を思《おも》わせる姿《すがた》をした画獣《がじゅう》だった。

2メートル近《ちか》くあるだろう背丈《せたけ》。横幅《よこはば》もでかい。

まとっているのは、歴戦《れきせん》の武将《ぶしょう》を思《おも》わせる甲冑《かっちゅう》。

腰《こし》に吊《つ》り下《さ》げているのは、大《おお》きな刀《かたな》。……人間《にんげん》の子《こ》どもなんて、真《ま》っ二《ぷた》つにできそうな。

百戦錬磨《ひゃくせんれんま》を思《おも》わせるするどい眼光《がんこう》で、じいとタカトを見下《みお》ろした。

**――ようよう気《き》ぃつけてぇな、タカトはん、フェンリルのあんさん。**

**――世《よ》の中《なか》には、悪《わる》い絵《え》っていうのが、いるもんやで。**

虎《とら》の画獣《がじゅう》が、腰《こし》に手《て》をやり——。
タカトへ突《つ》きだす。
ひゅっ——!!
**「タカトッッ!」**
ウルファのあわてた声《こえ》が聞《き》こえた。
立《た》ち尽《つ》くしたタカトの前髪《まえがみ》が、風《かぜ》に巻《ま》かれて跳《は》ねあがる。

タカトは、ぱちぱちと目《め》をまたたいた。

鼻先《はなさき》に突《つ》きだされたのは、刀《かたな》――**じゃなかった**。

虎《とら》の画獣《がじゅう》は、地面《じめん》に片膝《かたひざ》をつき、タカトに頭《あたま》を下《さ》げている。

「こちら、お受《う》け取《と》りください」

両手《りょうて》に封筒《ふうとう》を掲《かか》げて、タカトに差《さ》しだしている。

わけがわからないまま、受《う》け取《と》ってひらくと……パソコンで印刷《いんさつ》された紙《かみ》が一枚《まい》。

タイトルは、『招待状《しょうたいじょう》』。

「拙者《せっしゃ》、**猛虎**《もうこ》と、我《わ》があるじ、**スバル様**《さま》。絵上《えがみ》タカト殿《どの》、および画獣《がじゅう》フェンリルと、誼《よしみ》を通《つう》じるために参上《さんじょう》いたしました」

「……**ヨシミ**？」「……**サシミ**？」

タカトとウルファは、顔《かお》をみあわせる。

「〝誼《よしみ》を通《つう》じる〟。親《した》しい交《まじ》わりを持《も》ちたい、という意味《いみ》です」

「ようはさ」

ぽかんとしているタカトに、男《おとこ》の子《こ》がいった。

「うちに、遊《あそ》びにこないか？」

## 4　未来《みらい》の神絵師《かみえし》？　狩野昂《かのうすばる》！

「うわさを聞《き》いたときは、デマだと思《おも》ったんだけどな。俺《おれ》みたいに、ちいさなころから練《れん》習《しゅう》してたならともかく。小学生《しょうがくせい》で画獣召喚《がじゅうしょうかん》ができるやつは、めずらしいんだ」

歩《ある》いていきながら、男《おとこ》の子《こ》がいう。

「ねえ見《み》て、ウルファ！　**あれ、噴水《ふんすい》だよ、噴水《ふんすい》！**」

タカトは声《こえ》をはりあげる。

「しかも、《戦狼《せんろう》フェンリル》ときた。かつての神絵師《かみえし》、**絵上孝士郎《えがみこうしろう》**が描《か》いて以来《いらい》、だれも描《えが》きだすことができなかった、**伝説《でんせつ》の画獣《がじゅう》だろ？**　俺《おれ》と同《おな》い年《どし》のやつが描《えが》きだしたなんて、とても信《しん》じられない」

歩《ある》いていきながら、男《おとこ》の子《こ》がいう。

「おい、タカト！　**あの植木《うえき》、アルみたいな形《かたち》してんぞ！**」

ウルファが声《こえ》を張《は》りあげる。

「きっとなにかの、マチガイだ。そう思《おも》って、ずっとおまえを探《さが》してたってわけさ」

男《おとこ》の子《こ》がいう。

「ウルファ！　**ブランコがあるよー！**」

「タカト！　**なんだ？　この彫刻《ちょうこく》はよ！**」

タカトとウルファは、目《め》の前《まえ》に広《ひろ》がっただだっ広《ぴろ》い庭《にわ》に、はしゃいでしまって、聞《き》いちゃいねえ。

男《おとこ》の子《こ》の名前《なまえ》は、**狩野昴《かのうすばる》**。

転入生《てんにゅうせい》のタカトは知《し》らなかったが、タカトとおなじ、南神絵小学校《みなみかみえしょうがっこう》の5年生《ねんせい》らしい。

ここは、狩野家《かのうけ》の敷地《しきち》入り口《ぐち》……。

つまりは、庭《にわ》だ。

タカトの家《いえ》の庭《にわ》とはちがいすぎて、おなじ言葉《ことば》を使《つか》っていいのか、わからないけど。

きれいに剪定《せんてい》された庭木《にわき》。

風《かぜ》にゆれる、色《いろ》とりどりの草花《くさばな》。

噴水《ふんすい》。彫刻《ちょうこく》。ブランコ。

向《む》こうには、プールまである。

「す、すごいねえ……。お金持《かねも》ちの家《いえ》って、こんななんだねえ……」

「オレ、こっちの家《いえ》、住《す》みてえ……」

「父《とう》さんと母《かあ》さん、けっこう、稼《かせ》いでるらしいからな」

スバルは親指《おやゆび》と人差《ひとさ》し指《ゆび》で輪《わ》っかをつくり、ニヤリと笑《わら》う。

「どれくらい稼《かせ》いでるか、**知《し》りたい？**」

「スバル様《さま》。人前《ひとまえ》でそうした話《はなし》をするものではございません」

「ちえっ。ダメか」

やんわりと口《くち》をはさんだ虎《とら》の画獣《がじゅう》に、スバルがいたずらっぽく笑《わら》う。

「ご両親《りょうしん》がご不在《ふざい》のあいだは、この猛虎《もうこ》がスバル様《さま》の親代《おやが》わり。責任《せきにん》がございますゆえ」

「こいつが俺《おれ》の描《か》いた画獣《がじゅう》・**猛虎《もうこ》**。とっても強《つよ》いし、いいヤツなんだ」

スバルが胸《むね》をはる。

「ただ、このとおり、頭《あたま》が固《かた》いのがたまに傷《きず》かな」

「猛虎《もうこ》の頭《あたま》は、岩《いわ》をも砕《くだ》く石頭《いしあたま》でございます。それもこれも、スバル様《さま》のため。ゲームと動画《どうが》は、一日《にち》一時間《じかん》まで。朝昼晩《あさひるばん》、バランスのよい食事《しょくじ》を摂《と》るのが肝要《かんよう》でございます」

「へえへえ」

きまじめな口調《くちょう》でつづける虎《とら》の画獣《がじゅう》――猛虎《もうこ》に、スバルはうなずく。

タカトを見《み》やると、肩《かた》をすくめてニヤリと笑《わら》った。

タカトは、いっぺんにスバルが気《き》に入《い》ってしまった。

「画獣《がじゅう》のマスターがこんなにいるなんて、知《し》らなかったよう」

「フツーのやつらには、ヒミツの世界《せかい》だからな。俺《おれ》も学校《がっこう》では、だれにもいってないし」

「一般《いっぱん》の方《かた》には、画術《がじゅつ》や画獣《がじゅう》の存在《そんざい》は、伏《ふ》せておくのが掟《おきて》でございますから」

猛虎《もうこ》が口《くち》をはさむ。

「されど、この町《まち》は古《ふる》くより**絵師《えし》の多《おお》い土地柄《とちがら》**。一歩《ぽ》なかへ踏《ふ》み入《い》ってみれば、絵師《えし》も画《が》獣《じゅう》も多《おお》いのです。狩野家《かのうけ》も代々《だいだい》、絵師《えし》の家《いえ》。スバル様《さま》のおじいさまも、わたしを描《えが》きだされたものです」

「そうなんだ……」

タカトはうなる。

世《よ》の中《なか》、いろんな家《いえ》があるものなんだなあ……。

「代々《だいだい》、猛虎《もうこ》を描《か》くのがうちの伝統《でんとう》なんだ。**俺《おれ》は小《しょう》4のときに召喚《しょうかん》した**」

「おじいさまがわたしを描《えが》きだされたのは、高校生《こうこうせい》のころ。スバル様《さま》は、さすがでございます」

「ほめてもなにもでないぞ。こんくらい、たいしたことじゃない」

「そんなことはございません。**スバル様《さま》は、神童《しんどう》であらせられる**」

「口《くち》うるさいくせに、根《ね》が甘《あま》いんだよ、猛虎《もうこ》は」

スバルはいって、大仰《おおぎょう》に肩《かた》をすくめてみせる。

タカトはくすくす笑《わら》ってしまう。

「話《はなし》をもどすけどさ。俺《おれ》とおなじ小学生《しょうがくせい》が、伝説《でんせつ》の画獣《がじゅう》・フェンリルを描《えが》きだしただなんて聞《き》いてさ。本当《ほんとう》なら、どんな天才《てんさい》だよと思《おも》って、探《さが》してたワケだ」

スバルはいって、しげしげと、ウルフアを見《み》やった。

「でも、まあ……。このフェンリルなら、納得《なっとく》かな～……。伝説《でんせつ》の《戦狼《せんろう》フェンリル》とは、似《に》ても似《に》つかないもん。こんなに**かわい**――」

「**ああん**？　まさか、おまえもオレ様《さま》を、かわいいとか抜《ぬ》かすんじゃねえだろうなあ～？」

ウルファがポキポキと拳《こぶし》を鳴《な》らす。

スバルはごまかすように口笛《くちぶえ》を吹《ふ》いた。

「ま、安心《あんしん》したよ。最高《さいこう》の称号《しょうごう》は、だれにもゆずらない」

スバルはいって、ぐぐっ、と拳《こぶし》をにぎりしめている。

そうして、空《そら》に手《て》をのばすのだ。

**「〝神絵師《かみえし》〟になるのは、俺《おれ》だもん！」**

タカトは、ハッとする。

（ユーリとおなじだ……）


**——僕《ぼく》には、夢《ゆめ》があるんです。いつか立派《りっぱ》な……神絵師《かみえし》になるって夢《ゆめ》が。**


（二人《ふたり》には、なりたいものがあるんだ……）

熱《あつ》くなれるものがある。

めざしたいものがある。

**……夢《ゆめ》があるんだ。**

タカトは、胸《むね》がうずいてしまう。
自分《じぶん》だって。
(ぼくだって、そんなふうになれたら……)
**——夢《ゆめ》をかなえるために必要《ひつよう》なのは、〝好《す》き〟って感情《かんじょう》を捨《す》てることだよ。**
**——ほんとうに夢《ゆめ》をめざすのなら、まず。**
**——〝好《す》き〟って気持《きも》ちを、捨《す》てなさい。**
「…………」
タカトは、ぶるりと首《くび》を振《ふ》って、湧《わ》いてきた考《かんが》えを振《ふ》り払《はら》う。
ぼくは、スバルやユーリとはちがう。
いまのままでいい。
**夢《ゆめ》なんてなくたって、べつにいいんだ。**

# 5 売《う》り言葉《ことば》に買《か》い言葉《ことば》で、ケンカしちゃダメだよ！

お屋敷《やしき》の玄関《げんかん》をくぐると、吹《ふ》き抜《ぬ》けのホールになっていた。

高《たか》い天井《てんじょう》から吊《つ》り下《さ》がった、シャンデリア。磨《みが》きこまれた床《ゆか》に、臙脂色《えんじいろ》の絨毯《じゅうたん》。

左右《さゆう》の壁伝《かべづた》いに階段《かいだん》がのび、木目《もくめ》がぴかぴかと光《ひか》っている。

「天井高《てんじょうたか》い！　すごい！　ね？　ウルファ！」

「あのツボ高《たか》そうだな！　割《わ》っちまいたくなるよな！　タカト！」

わあわあとはしゃいでしまう、タカトとウルファだ。

「父《とう》さんと母《かあ》さんは海外《かいがい》にいて、たまにしか帰《かえ》ってこないんだ。家事《かじ》は、猛虎《もうこ》がしてくれる」

「家事《かじ》の道《みち》も、武《ぶ》の道《みち》におなじ。日々《ひび》これ鍛錬《たんれん》と、精進《しょうじん》しております」

猛虎《もうこ》が重々《おもおも》しく、うなずいた。

床《ゆか》に落《お》ちていたホコリに気《き》づくと、流《なが》れるような動作《どうさ》でホウキを取《と》りだし、掃除《そうじ》してゴミ箱《ばこ》に捨《す》てている。

「1階《かい》には、キッチンや食堂《しょくどう》。2階《かい》に、来客用《らいきゃくよう》の部屋《へや》がございます。3階《がい》には、アトリエやレクリエーションルーム。最新《さいしん》のゲームソフトもそろえておりますよ」

「3階《がい》が面白《おもしろ》そうだぜ！　いこうぜタカト！」

「画獣《がじゅう》のおまえが決《き》めるものではない。フェンリル。おまえは昔《むかし》から、主人《しゅじん》への忠誠心《ちゅうせいしん》が足《た》りぬ。**画獣《がじゅう》は主人《しゅじん》に、仕《つか》えるもの**だろうが」

「てめーが頭《あたま》カタイだけだっつの！」

ウルファがべえっと舌《した》を出《だ》す。

「タカト殿《どの》、喉《のど》が渇《かわ》いたでしょう。先《さき》におやつをお召《め》しあがりください」

「あ、こら！　てめ、はなせっ！」

わめくウルファの首根《くびね》っこをひっつかみ、猛虎《もうこ》は廊下《ろうか》を進《すす》んでいく。

タカトとスバルは顔《かお》を見合《みあ》わせ、どちらからともなくニヤリと笑《わら》う。

（楽《たの》しい……！）

タカトはニヤニヤしてしまう。

このまえ、ユーリと仲良《なかよ》くなったばかりなのに。

また一人《ひとり》、友達《ともだち》ができた。

やっぱり、絵《え》を描《か》いてると、友達《ともだち》が増《ふ》える。

また絵《え》を描《か》きはじめて、ほんとうによかった。

食堂《しょくどう》は、だだっ広《ぴろ》かった。

ピカピカに磨《みが》きあげられた長《なが》テーブルに、糊《のり》のきいたテーブルクロスがかけられている。

席《せき》について待《ま》っていると、甲冑《かっちゅう》の上《うえ》からエプロンをかけた猛虎《もうこ》が、お菓子《かし》をのせたおぼんを持《も》ってきてくれた。

どらやきと、黒《くろ》あんみつと、ほうじ茶《ちゃ》。

「腕《うで》によりをかけました。おめしあがりください」

「……手作《てづく》り？　猛虎《もうこ》さんの？」

「料理《りょうり》の道《みち》も、武《ぶ》の道《みち》におなじ。日々《ひび》これ鍛錬《たんれん》と、精進《しょうじん》しております」

自信《じしん》ありげに皿《さら》をならべる姿《すがた》は、戦場《せんじょう》を駆《か》ける百戦錬磨《ひゃくせんれんま》の武将《ぶしょう》を思《おも》わせる。……水玉模《みずたまも》様《よう》のエプロンさえなければだけど。

一口《くち》食《た》べて、タカトとウルファは歓声《かんせい》をあげた。

「**おいし〜い!!**」

「うめえ！　猛虎《もうこ》は相変《あいか》わらず、器用《きよう》だな！」

あんこの甘《あま》みが、口《くち》のなかいっぱいに広《ひろ》がっていく。

ふだん、和菓子《わがし》はあまり食《た》べないけれど、これはめちゃくちゃおいしい。

「お口《くち》にあうようで、安心《あんしん》しました。ほかにも甘味《かんみ》は取《と》りそろえておりますゆえ、ご要望《ようぼう》あればお申《もう》しつけいただきたい」

猛虎《もうこ》がいって、鼻歌《はなうた》まじりに、テーブルをきゅっきゅと磨《みが》きはじめる。お菓子《かし》をほめられて、うれしいみたい。

ウルファはわきで、がつがつ頬張《ほおば》っている。

「ウルファも猛虎《もうこ》さんみたいに、お菓子《かし》つくってくれたらなあ〜」

「タカトがつくれ。オレが食《た》べてやる」

画獣《がじゅう》といっても、一匹《ぴき》一匹《ぴき》、ずいぶんちがうものなんだなあ……。

「俺《おれ》、ふだんは教室《きょうしつ》で描《か》いてるんだけどさ」

あんみつにスプーンを差《さ》しこみながら、スバルが口《くち》をひらいた。

**「今度《こんど》、絵上《えがみ》も遊《あそ》びにこいよ」**

「教室《きょうしつ》って？」

「旧校舎《きゅうこうしゃ》でやってるんだ。**絵画教室《かいがきょうしつ》だよ**」

「絵画教室《かいがきょうしつ》……」

「表向《おもてむ》きは、フッーの絵画教室《かいがきょうしつ》なんだけどさ。**協会《きょうかい》が認《みと》めた、特別絵画教室《とくべつかいがきょうしつ》の一つ**なんだ。

もちろん、入《はい》れるのは、素質《そしつ》があるって認《みと》められた子《こ》どもだけな？」

絵師《えし》の素養《そよう》を持《も》った子《こ》どもに画術《がじゅつ》を教《おし》える、特別《とくべつ》な絵画教室《かいがきょうしつ》。

日本には、そんな絵画教室《かいがきょうしつ》が、すこしだけあるのだという。

かぎられた人《ひと》しか、知《し》らないことだけれど。

「おもしろいぜ。初心者《しょしんしゃ》はまず、花《はな》や果物《くだもの》なんかを描《か》く、静物画術《せいぶつがじゅつ》からはじめるんだ。紙《かみ》から描《えが》きだしたリンゴを、みんなで食《た》べんの。描《か》いたやつによって、甘《あま》かったり、酸《す》っぱかったりする」

「………」

「**風景画術《ふうけいがじゅつ》**や、**抽象画術《ちゅうしょうがじゅつ》**。**パースの取《と》り方《かた》**や、**魔力《いろ》の乗《の》せ方《かた》**。いろんなことが学《まな》べるし、いろんなヤツがいる」

「………」

「入《はい》るのに、試験《しけん》は必要《ひつよう》だ。でも、おまえらならだいじょうぶ。男子《だんし》がいなくて、つまらなかったんだ。やっぱり、………は、男《おとこ》でなくちゃ」

スバルは口《くち》にするのだけれど、タカトにはよく聞《き》こえなかった。

「ぼくは……**いいや**」

タカトは首《くび》を振《ふ》る。

「え？　なんでだよ？」

スバルがきょとんと首《くび》をかしげる。

「いっしょにかよおうぜ。いい教室《きょうしつ》なんだ。先生《せんせい》もいい人《ひと》だぜ。ちょっとヘンだけど」

「絵《え》を習《なら》うとか、そういうのはいいよ」

「……うまくなりたくないのかよ？」

スバルがくちびるをとがらせる。

「おまえだって、目指《めざ》してるんだろ？　**神絵師《かみえし》**」

スバルの言葉《ことば》と、重《かさ》なるように。

頭《あたま》のなかに、声《こえ》がひびくんだ。

**——きみがほんとうに夢《ゆめ》を目指《めざ》すなら、一番大事《いちばんだいじ》なことがある。**

**——〝好《す》き〟だとか、〝楽《たの》しい〟だとか、そんな気持《きも》ちをまず捨《す》てなさい。**

「ぼくは、**神絵師**《かみえし》**になんて、なりたくないよ**」

タカトは、ぶるりと首《くび》を振《ふ》ってこたえる。

「そんなの、どうでもいい。ちっとも、**興味**《きょうみ》**ない**」

「…………」

スバルがぽかんとした顔《かお》をする。

「ぼくはただ、好《す》きなもの、楽《たの》しく描《か》ければ、それでいいんだ」

好《す》きって気持《きも》ちを、否定《ひてい》されるくらいなら。

それで傷《きず》つくくらいなら。

ほしくないんだ、そんなもの。

「**夢**《ゆめ》**なんて、いらないよ**」

スプーンをにぎるスバルの手《て》が、止《と》まっていた。

「……本気《ほんき》で」

ぼそりとつぶやく。

「描《か》いたんじゃないのか？」

「え？」

「**本気《ほんき》で描《か》いたんじゃないのか？**　絵上《えがみ》」

スプーンを置《お》き、背《せ》すじをのばして、じっとタカトを見《み》つめている。

「ほ、ほんき……？」

タカトは戸惑《とまど》う。

「……どういうこと？」

「わかるだろ？　言葉《ことば》の意味《いみ》くらい」

さっきまでの、いたずらっぽい目《め》じゃない。

正面《しょうめん》から、まっすぐに、射貫《いぬ》くようにタカトを見《み》つめてくる。

「……な、なに怒《おこ》ってるの？　狩野《かのう》くん……」

「怒《おこ》ってなんかない」

「ほ、ほんとうに……？」

「俺《おれ》は、物心《ものごころ》ついたときから、絵《え》を描《か》いてる。たくさん、たくさん練習《れんしゅう》してきた。……**努《ど》力《りょく》してきた**」

「…………」

「おまえは、ちがうのか？　本気《ほんき》で、フェンリル、描《か》いたんじゃないのか？」

「…………」

タカトはすこしだけ、考《かんが》えた。

それから、ぶるりと首《くび》を振《ふ》ってこたえる。

「ぼくは、楽《たの》しいから、描《か》いてるだけだよ。……**神絵師《かみえし》なんて、目指《めざ》してない**」

「……そうか」

スバルが口《くち》のなかで、ぼそりとつぶやく声《こえ》が聞《き》こえた。


**——なんだよ。ライバルになるかもって、思《おも》ったのに。**


その言葉《ことば》に、タカトはなぜだか、ショックを受《う》けた。

**ライバル。**

ずっと探《さが》していたものが、指《ゆび》の隙間《すきま》から、こぼれ落《お》ちてしまったような気《き》がして。

「ささ！　どうぞ、あんみつもお召《め》し上《あ》がりください」

猛虎《もうこ》がとりなすようにいい、

「あんみつうまいぜ！」

ウルファが食《た》べながらうなずいた。

「はあ……。楽《たの》しいから、ねえ……」

スバルがううんと、椅子《いす》に背《せ》をあずけて、

「だから、画獣《がじゅう》が、そんな**へなちょこ**なんだな〜」

バカにしたように笑《わら》った。

タカトはムッとして、いいかえす。

「……ウルファは、**へなちょこなんかじゃないよ**」

「へなちょこじゃんか」

「ちがうよ」

「へなちょこ」

「ちがうよ」

沈黙《ちんもく》。

食堂《しょくどう》の空気《くうき》が、きゅうに重《おも》くなったような気《き》がした。

ウルファはひたすらあんみつを頬張《ほおば》り、猛虎《もうこ》はひたすらテーブルを磨《みが》きながら、ちらちらと子《こ》どもたちの様子《ようす》をうかがっている。

「お〜い、タカト〜。あんみつうまいぜ〜？　食《く》わねえのかよ〜……？」

「スバル様《さま》。そのような態度《たいど》は、なりません。お客人《きゃくじん》に対《たい》して礼《れい》を失《しっ》します」

画獣《がじゅう》たちは、たしなめるのだけれど。

二人《ふたり》は止《と》まらない。

「ま、しょせんその程度《ていど》だよな。俺《おれ》はもうずいぶん前《まえ》に、猛虎《もうこ》を描《えが》きだしたんだけど。絵《え》上《がみ》はようやく最近《さいきん》、描《か》けたばかりだし。しかも、そんな、**へなちょこ画獣《がじゅう》**だもんな」

バカにしたようにスバルがいって、

「へなちょこじゃないって、いってるじゃないか！」

タカトは思《おも》わず、立《た》ちあがる。

タカトはケンカなんて、大《だい》のニガテなタイプだ。

タカトってへなちょこだよな……そういわれていたら、（そうかも～）って、笑《わら》って頭《あたま》をかいただけだったと思《おも》う。

でも……。

友達《ともだち》のことを悪《わる》くいわれるのは、ガマンできない！

「ウルフアは、カッコいいんだっ!!」

怒《おこ》ってさけぶ。

ウルフアがわきで、ぽりぽりと頭《あたま》をかいた。

「取《と》り消《け》してよ、狩野《かのう》くん！」

タカトの剣幕《けんまく》に、スバルは一瞬《いっしゅん》だけ、後悔《こうかい》したような顔《かお》をした。

けれど、ぶるりと首《くび》を振《ふ》って、声《こえ》を張《は》り上《あ》げることには、

「いやだね！　どこがカッコいいんだ、そんな画獣《がじゅう》。……猛虎《もうこ》の方《ほう》が、100倍《ばい》カッコいい！」

「なんだって!?」

タカトは顔《かお》を真《ま》っ赤《か》にして、いいかえす。

「ならウルファの方《ほう》が猛虎《もうこ》さんの……1000倍《ばい》カッコいいよ！」

ビシッとウルファを指《ゆび》さしてさけぶ。

「なら猛虎《もうこ》はその……10000倍《ばい》カッコいいけどな！」

ビシッと猛虎《もうこ》を指《ゆび》さしてさけぶ。

とうの画獣《がじゅう》たちは、ポカ〜ンだ。

「取《と》り消《け》してよ！」

「取《と》り消《け》さない！」

「わからずや！」

「わからずやはそっちだろ！　なんなら、」

スバルはさけんだ。

「画獣《がじゅう》の勝負《しょうぶ》で、決着《けっちゃく》つけるか!?」

「いいよ！　受《う》けて立《た》つよ！」

「「……**決闘《けっとう》だ！**」」

（あれ……？　ぼく、なにやってるんだろ……？）
タカトの頭《あたま》に、１０８ある絵上家《えがみけ》の家訓《かくん》の１つが浮《う》かんだ。
**『売《う》り言葉《ことば》に買《か》い言葉《ことば》で、ケンカしちゃダメだよ！』**
（なんで俺《おれ》、こんなことやってんだ……？）
スバルの頭《あたま》にも、疑問《ぎもん》が浮《う》かんだ。
（いきなりケンカ売《う》るなんて、子《こ》どもかよ……）
でも、もうあとにはひけない。
画獣《がじゅう》たちが口《くち》もとをひきつらせるなか。
二人《ふたり》は決闘《けっとう》を宣言《せんげん》した。
「「負《ま》けた方《ほう》は、勝《か》った方《ほう》のいうことをなんでもきくこと！」」

## 6 決闘《けっとう》！ ウルファVS.《バーサス》猛虎《もうこ》！

「ヘヘッ！ 決闘《けっとう》なんて、ひっさしぶりだぜッ！」

庭園《ていえん》へ出《で》ると、ウルファはピュイッと口笛《くちぶえ》を吹《ふ》いた。

楽《たの》しそうに、準備運動《じゅんびうんどう》をはじめる。屈伸《くっしん》をして、伸脚《しんきゃく》してる。

そのわきで、タカトは立《た》ち尽《つ》くしている。

後悔《こうかい》しきった顔《かお》をして。

「う、ウルファあ……。やっぱり、**よくないよう……**。決闘《けっとう》なんて……」

「おいおい、さっきの勢《いきお》いは、ど～したんだよ……」

ウルファがあきれたようにいう。

「あれは、売《う》り言葉《ことば》に買《か》い言葉《ことば》ってやつで……。ケンカはやっぱり、**よくないよう……**」

「よくないことはねえだろ。覚《おぼ》えとけ、タカト。男《おとこ》には、戦《たたか》わなきゃならねえ時《とき》がある。

いまが、そのときだぜ！」

「ほ、ほんとに……？ ほんとに、いまがそのときだって思《おも》う……？」

ぜんぜん、そうは思《おも》えないんだけど……。

「ごめんねっていえば、済《す》むじゃないかあ……」

「どうしてだ？」

ウルファが首《くび》をひねる。

「おまえはまちがったこと、いったのか？」

「そ、そんなことは……ない……と思《おも》う……けど……」

「なら、いいじゃねえか。ケンカの白黒《しろくろ》は、てめえの画獣《がじゅう》がつけてくれる。それが、**絵師《えし》の流儀《りゅうぎ》だ！**」

拳《こぶし》をにぎりしめ、ニヤリと笑《わら》った。

「ていうか、ようやく暴《あば》れられるチャンスをフイにしてたまるか。召喚《しょうかん》されてからこっち、退屈《たいくつ》だったからな！」

「ううう。そっちが本音《ほんね》だよね……」

◇◆◇　◇◆◇　◇◆◇

「スバル様《さま》、お考《かんが》えなおしください。招《まね》いた客人《きゃくじん》と決闘《けっとう》など、礼節《れいせつ》に反《はん》します」

猛虎《もうこ》は地面《じめん》に片膝《かたひざ》をつき、頭《こうべ》をたれた。

わきに立《た》ったスバルは、口《くち》を引《ひ》き結《むす》んでうつむいたままだ。

「猛虎《もうこ》は知《し》っております。スバル様《さま》は、物《もの》の道理《どうり》をわきまえたお方《かた》。失敗《しっぱい》を犯《おか》せば頭《あたま》を下《さ》げられる、度量《どりょう》のあるお方《かた》。人一倍《ひといちばい》に努力家《どりょくか》で、**誇《ほこ》り高《たか》きお方《かた》であることを**」

戸惑《とまど》ったように、スバルを見《み》やる。

「いつものスバル様《さま》なら、こんなケンカなどなさらない。いったい、どうされたのです?」

「……猛虎《もうこ》。俺《おれ》、**がんばってきたよな……**」

スバルは、ぼそりとつぶやいた。

「たくさん練習《れんしゅう》してきた。ちいさいころから、努力《どりょく》してきた。そりゃ、絵《え》なんて描《か》かずに、ほかの子《こ》たちみたいに、遊《あそ》びたいって思《おも》ったこともあったさ。**でも、がんばってきた**」

「…………」

「あいつは、楽《たの》しく描《か》いてきたって。それで、フェンリル、描《えが》きだしたんだって」

スバルはうつむき、ぎゅうっと拳《こぶし》をにぎりしめた。

「……俺《おれ》は必死《ひっし》に頑張《がんば》って……。それでも、フェンリルなんて、描《か》けないのに……」

「スバル様《さま》……」

「なんか、くやしくなって。ケンカ、売《う》っちゃった。……ごめん」

袖口《そでぐち》で、まぶたをぬぐう。

「これ、俺《おれ》が悪《わる》いや。……あやまってくる」

「いえ、スバル様《さま》」

猛虎《もうこ》はひざまずいたまま、ゆるりと首《くび》を振《ふ》った。

「……そういうことであれば、**承知《しょうち》した**」

スバルはきょとんとする。「え、なにを？」

「そういうことであれば、この猛虎《もうこ》、招《まね》いた客人《きゃくじん》と決闘《けっとう》することに、いささかの迷《まよ》いもございません」

「え？　いや、俺《おれ》が悪《わる》いんだってば！　俺《おれ》があやまらなくちゃ！」

「**なりませぬ。**主君《しゅくん》たる者《もの》、軽々《けいけい》に頭《あたま》を下《さ》げるものではありません」

ニヤリと笑《わら》う。

「この猛虎《もうこ》、見事《みごと》、**フェンリルを打《う》ち倒《たお》してまいりましょうぞ！**」

「おまえ、さっきといってることちがうじゃんかよ！」

◇◆◇　◇◆◇　◇◆◇

2匹《ひき》の画獣《がじゅう》は、だだっ広《ぴろ》い庭《にわ》の真《ま》ん中《なか》で向《む》かいあった。

タカトとスバルは、すこしはなれたところから、不安《ふあん》そうに画獣《がじゅう》たちを見守《みまも》っている。

「ひさしぶりの決闘《けっとう》だな！　猛虎《もうこ》よう。ワクワクするよなっ？」

「いや、ワクワクなどはせぬ」

楽《たの》しそうに笑《わら》うウルファに、猛虎《もうこ》はきまじめに首《くび》を振《ふ》る。

「武人《ぶじん》は、主君《しゅくん》のためにのみ戦《たたか》うものだ。ワクワクするから戦《たたか》うなど、もってのほかよ」

「ケッ。あいかわらず、堅《かた》っ苦《くる》しいヤツだな。石頭《いしあたま》！」

ウルファは拳《こぶし》を叩《たた》きあわせると、カギ爪《づめ》をだした。

〝フェンリル〟の立派《りっぱ》なカギ爪《づめ》とはちがう、ちいさなものだけれど。

「…………」

対《たい》する猛虎《もうこ》は、なにもしない。

じっと腕組《うでぐ》みして、かまえるウルファを見下《みお》ろしているだけだ。

「どうした？　腰《こし》の刀《かたな》は飾《かざ》りかよ？」

「おまえ相手《あいて》に、武器《ぶき》などいらぬ。拳《こぶし》と頭《あたま》で、じゅうぶんよ」

「……**なめんじゃねえぞッッ！**」

**タンッ！**　ウルファが地面《じめん》を蹴《け》りつけた。

身《み》を低《ひく》くして、一直線《いっちょくせん》に矢《や》のように、猛虎《もうこ》向《む》かって突《つ》っこんでいく。

跳《と》びかかり、カギ爪《づめ》を振《ふ》り上《あ》げる。

「**だっらあああああああああっっっ！**」

**ずんっっ!!**

腹《はら》への衝撃《しょうげき》とともに、ウルファの体《からだ》はボールのようにぽおんと飛《と》んだ。

「**ぐわあっ！**」

芝生《しばふ》に叩《たた》きつけられ、ごろごろと転《ころ》がる。

猛虎《もうこ》が肩《かた》をすくめている。

「降参《こうさん》しろ、フェンリル」

「へっ！　あいかわらず、パワーだけはあるな！　脳筋《のうきん》！」

ウルファは転《ころ》がった勢《いきお》いそのまま、くるん！　と跳《は》ね起《お》きる。

「よせ。**弱《よわ》い者《もの》いじめ**をしたいわけではない」

「こ、このオレ様《さま》をつかまえて……。弱《よわ》い者《もの》だとお……っ？」

ウルファののどの奥《おく》から、グルルと唸《うな》り声《ごえ》がもれる。

**「ざけんじゃねーーッッ！」**

ふたたび、猛虎《もうこ》に飛《と》びかかって、
**ガツンッ!!**

**「ぐわあああっっ！」**

頭突《ずつ》きを叩《たた》きこまれて、吹《ふ》っ飛《と》んだ。

植木《うえき》に叩《たた》きつけられ、草《くさ》が舞《ま》う。

「ぐっお……！　猛虎《もうこ》の頭突《ずつ》き、くそいてえ……！　石頭《いしあたま》すぎるっつうの……！」

頭《あたま》を抱《かか》えてうめくウルファを見下《みお》ろし、猛虎《もうこ》は告《つ》げる。

「さあ、フェンリル。はやく降参《こうさん》しろ」

**「――はい！　はいはい！　降参《こうさん》です！　降参《こうさん》だよう！」**

向《む》こうで、タカトがさけんだ。

手《て》をあげ、必死《ひっし》に声《こえ》を張《は》りあげている。

「もうやめよう！　ぼくが悪《わる》かったです！　**降参《こうさん》だよう！**」

「おまえの主人《しゅじん》も、ああいっている」

猛虎《もうこ》がうなずきかける。

「ケッ。あいつ、なに寝《ね》ぼけたこといってやがんだ……」

ウルファはうなった。

「おい、タカト！　黙《だま》って見《み》とけ！　――**続行《ぞっこう》だ！**」

ウルファは三度《みたび》、猛虎《もうこ》に飛《と》びかかる。

振《ふ》り払《はら》われて宙《ちゅう》を舞《ま》った。

花壇《かだん》に激突《げきとつ》し、柵《さく》が折《お》れる。

「**か、かは……っ！**」

「フェンリル。たしかに貴様《きさま》は、最強《さいきょう》の戦士《せんし》だった。だがそれは、以前《いぜん》の姿《すがた》での話《はなし》。いまの姿《すがた》では相手《あいて》にならぬ」

腹《はら》をおさえてうめくウルファに、猛虎《もうこ》は告《つ》げる。

**降参《こうさん》！　降参《こうさん》だよう！**　タカトの声《こえ》がひびく。

ウルファは舌打《したう》ちした。

「このくらい、なんでもねえのに……。てめえの画獣《がじゅう》を、信《しん》じられねえかよ……」

地面《じめん》に手《て》をついて、よろよろと立《た》ち上《あ》がった。

はぁはぁと息《いき》を弾《はず》ませながら、猛虎《もうこ》をにらむ。

「かなわない戦《たたか》いはしない。本気《ほんき》の勝負《しょうぶ》はしない」

猛虎《もうこ》が口《くち》をひらいた。

「それが、タカト殿《どの》の信条《しんじょう》なのだろう」

「…………」

「自身《じしん》も傷《きず》つきたくなく、他人《たにん》も傷《きず》つかせたくない。よくいえば**やさしい**。悪《わる》くいえば**臆《おく》病《びょう》**だ」

ニヤリと笑《わら》った。

「……スバル様《さま》には、とてもおよばぬ」

「やろぉ……」

「〝本気《ほんき》〟とは、それを越《こ》えたところにあるもの。怖《おそ》れを乗《の》り越《こ》え、斬《き》り結《むす》んだ者《もの》にのみ、つかみ至《いた》ることのできる武士《ぶし》の境地《きょうち》」

猛虎《もうこ》は、ぶるりと首《くび》を振《ふ》った。

「スバル様《さま》は、幼《おさな》いころよりその境地《きょうち》に身《み》を委《ゆだ》ねてこられた。それがゆえ、いささか自分《じぶん》にきびしすぎるのがわたしは歯《は》がゆい。**スバル様《さま》はもっと自分《じぶん》に自信《じしん》を持《も》つべきだ**」

腰《こし》に吊《つ》るした大刀《たち》を引《ひ》き抜《ぬ》く。

「タカト殿《どの》はたしかに、才《さい》ある子《こ》とお見《み》受《う》けする。だが、本気《ほんき》の境地《きょうち》に至《いた》れぬ以上《いじょう》、スバル様《さま》には遠《とお》くおよばぬ。わたしはこの勝利《しょうり》、スバル様《さま》に捧《ささ》げよう。……あなたの描《か》いた絵《え》は、**だれにも負《ま》けぬと！**」

腰《こし》を低《ひく》く落《お》とし、腰《こし》だめに大刀《たち》をかまえる。

「さあ、降参《こうさん》しろ、フェンリル！　どうなっても知《し》らぬぞ！」

「**ケッ**」

ウルファはニヤリと笑《わら》った。

「やなこったッ！」

飛《と》びかかっていく。

「しかたあるまいっ！」

ふううっっ——猛虎《もうこ》が呼気《こき》を吸《す》いこんだ。
あたりの空気《くうき》が一瞬《いっしゅん》、固《かた》まり、びりりと空間《くうかん》に震《ふる》えが走《はし》った。
**「うおおおおおおお————」**
飛《と》びかかっていくウルファに——白光《びゃっこう》がひらめいた。
ウルファの左《ひだり》の肩《かた》から右《みぎ》の脇腹《わきばら》へ、流《なが》れるように一筋《ひとすじ》の光《ひかり》がほとばしったのだ。
猛《もう》スピードで振《ふ》るわれた刀《かたな》の軌跡《きせき》。
猛虎《もうこ》は大刀《たち》を振《ふ》り抜《ぬ》くと。
ぼそりとつぶやく。
「**〝猛虎硬破斬《もうここうはざん》〟**。……いまのおまえでは、耐《た》えられまい」
上空《じょうくう》に目《め》を向《む》ける。
ぽおんと高《たか》く舞《ま》い上《あ》がったウルファの体《からだ》が、大《おお》きく弧《こ》を描《えが》いて、落下《らっか》してくる。
噴水《ふんすい》に叩《たた》きつけられる。石《いし》にひびがはいる。
何度《なんど》も地面《じめん》をころがって……。
芝生《しばふ》の上《うえ》に、大《だい》の字《じ》に倒《たお》れた。
四肢《しし》をふるわせるウルファの体《からだ》から、白《しろ》い煙《けむり》がぶすぶすと立《た》ちのぼっていく……。

**「ウルファあっっ！」**

タカトはもうガマンできなくなって、飛《と》びだそうとした。

「ま、まだだ……。タカト……」

ウルファの手足《てあし》が、ぴくっとふるえた。

地面《じめん》に手《て》をつき、よろりと上体《じょうたい》を起《お》こす。

「……まだ……。負《ま》けちゃ……いねー……」

「いいかげんにしろ、フェンリル」

猛虎《もうこ》が語気《ごき》を強《つよ》めた。

「加減《かげん》はしたが、これ以上《いじょう》はもたぬぞ！　自分《じぶん》の状態《じょうたい》をよく見《み》てみろ！」

指《さ》されたウルファの体《からだ》は……うっすらと透《す》けている。

色《いろ》が薄《うす》くなっているのだ。絵《え》の具《ぐ》を水《みず》に溶《と》かしたみたいに。

「画獣《がじゅう》は肉体《にくたい》が死《し》んでも滅《ほろ》びはしない。だが、死《し》んだ画獣《がじゅう》のタマシイは画界《がかい》にもどり、**おなじ描《か》き手《て》のもとには二度《にど》とあらわれぬ**」

向《む》こうでタカトが、真《ま》っ青《さお》になった。

「降参《こうさん》しろ、フェンリル。これ以上《いじょう》やるなら、次《つぎ》こそ手加減《てかげん》できぬぞ」

ウルファは聞《き》かない。

地面《じめん》に手《て》をついて、ふらつきながら身《み》を起《お》こす。

「はあっ、はあっ、はあっ……」

「わからぬ。そんな意地《いじ》を張《は》る必要《ひつよう》が、どこにある？」

「……………**カッコいいってよ**」

ぼそりとつぶやいた。

「いわれたからな」

「……なに？」

「**この姿《すがた》が、カッコいいってよ**。いわれちまったからな。うちのマスターに。……オレにゃ、わかんねーけどさ」

ウルファは立《た》ち上《あ》がると。

ニヤリと笑《わら》った。

「てめえの描《か》き手《て》がそう信《しん》じる以上《いじょう》……**こたえられにゃあ、画獣《がじゅう》の名折《なお》れってもんだろッ！**」

「ふふっ。いかんな。わたしとしたことが……**ワクワク、してきてしまった**」

猛虎《もうこ》が、ニヤリと笑《わら》った。

「よかろう！　こいっ！」

**「ケケッ！　そう、こなくっちゃあッ！」**

ウルファが吼《ほ》える。楽《たの》しそうに。

**「〝本気《ほんき》〟でいこうぜ！**　猛虎《もうこ》ようっ！」

◇◆◇　◇◆◇　◇◆◇

「ウルファっ！　もう、やめてよっっ！」

にらみあう2匹《ひき》の画獣《がじゅう》を見《み》やって、タカトはさけんだ。

（こんなことして、なんになるんだよ！　このままじゃ、ウルファが消《き》えちゃうよ！）

あやまれば、いいだけなんだ。

自分《じぶん》がどう思《おも》ってたって、どうだっていい。ガマンすればいいだけだ。

タカトはただ、楽《たの》しくいたいだけなんだから。

やめてほしいのに、ウルファはいうことを聞《き》いてくれない。

（どうして聞《き》いてくれないんだよ……？）
掟《おきて》があるはずなのに。
ウルファはいっていた。

**――人間《にんげん》の指令《しれい》に従《したが》うことだ。それで、そいつを守《まも》れなくなる場合《ばあい》をのぞいてな。**

（そうか……）
わかった。
（ウルファは、守《まも》ってるんだ……）
ぼくを守《まも》ろうとしてるから、いうことを聞《き》いてくれないんだ。
ぼくの――**自信《じしん》**を。
（ぼくは……？）
ぼくは、このままでいいのか？
このままじゃ、ウルファを守《まも》れない。
**そんなのはいやだ。**

――本気《ほんき》で描《か》いたんじゃないのか？

スバルはいってた。
さっきはちゃんといえなかったけど、ほんとはいいたかった。
**本気《ほんき》だったよ。**
ウルファを描《か》いたとき、タカトはたしかに、本気《ほんき》だった。
本気《ほんき》で、楽《たの》しく、描《か》いたんだ。
ぼくだって本気《ほんき》だ。負《ま》けるもんか。
ウルファのことを信《しん》じる気持《きも》ちは――**ぜったいに本気《ほんき》なんだ。**
**（守《まも》るんだ。友達《ともだち》を！）**
でも、どうやって？
タカトは、地面《じめん》に置《お》いたままのカバンに気《き》がついた。
あわててひらき、取《と》りだしたのは――。
**ふでばこと、自由帳《じゆうちょう》。**

（描《か》くのは……あれだ）

ユーリといっしょに遊《あそ》びながら、たくさん描《か》いた。

タカトは自由帳《じゆうちょう》のページをひらくと、食《く》い入《い》るようにのぞきこみ。

ものすごい速《はや》さで、絵《え》を描《か》きはじめた。

◇◆◇　◇◆◇　◇◆◇

「こい、フェンリルっ！」

「いくぜ、猛虎《もうこ》っっっ！」

向《む》かいあう2匹《ひき》はもう、まわりのことなんて見《み》えちゃいない。

ウルファは気合《きあ》いの咆哮《ほうこう》をあげながら、猛虎《もうこ》めがけて突《つ》っこんでいく。

猛虎《もうこ》は腰《こし》を落《お》として大刀《たち》をかまえると、ふたたび技《わざ》の構《かま》えをとる。

「いざッッッッッッ！」

「尋常《じんじょう》にッッッッッッ！」


「「**勝負《しょうぶ》ッッッッッッッッッッッッッッ!!**」」


そのとき。

タカトの声《こえ》がひびいた。

「ウルファっ！　**これっっ！**」

声《こえ》にウルファが振《ふ》り向《む》くと、タカトがなにか掲《かか》げている。

**剣《けん》だった。**

タカトの画風《がふう》の、ちょっぴりやわらかそうな剣《けん》。自由帳《じゆうちょう》から、光《ひかり》の尾《お》がのびる。

「使《つか》ってっっっ！」

ウルファ向《む》かって、ぶん投《な》げた。

ウルファはひょいと宙《ちゅう》に跳《と》び。

しっかり剣《けん》をキャッチする。

「いくぜえええっっっ!!」

その、一瞬《いっしゅん》。

タカトの目《め》には、ウルファの姿《すがた》が、二重《にじゅう》うつしに見《み》えたのだ。

視界《しかい》にうつるのは、深《ふか》い蒼《あお》の毛並《けな》みを持《も》った、二本足《ほんあし》の狼《おおかみ》。

蒼銀《そうぎん》のたてがみ。するどいキバとカギ爪《づめ》。タカトよりもずっと背《せ》が高《たか》い。

強《つよ》さと孤独《こどく》を感《かん》じさせる瞳《ひとみ》を持《も》った画獣《がじゅう》——**《戦狼《せんろう》フェンリル》に。**

**轟《ごう》!!**


フェンリルが剣《けん》を振《ふ》り抜《ぬ》いた。

雷《かみなり》よりも速《はや》い一太刀《ひとたち》だ。

猛虎《もうこ》のにぎった刀《かたな》が折《お》れて、宙《ちゅう》に舞《ま》う。

くるくると回《まわ》って、芝生《しばふ》に落《お》ちた。

「……やりおる」

猛虎《もうこ》がうめいた。

その声《こえ》は、なんだか、ひさしぶりに友達《ともだち》と遊《あそ》んだみたいに、楽《たの》しそうだった。

猛虎《もうこ》の巨体《きょたい》がぐらりとゆれて、前《まえ》のめりに地面《じめん》に倒《たお》れこむ。

「む、むう……。お菓子《かし》ばかり作《つく》っていた、ツケか……。なまったものだ……」

うめいて、立《た》ち上《あ》がらない。


（ウルフアが、**勝《か》ったの……？**）

タカトはぽかんと立《た》ち尽《つ》くす。
（でも、いまの姿《すがた》は……）
あわてて、視線《しせん》を転《てん》じると。
ウルファは勝《か》ち誇《ほこ》った様子《ようす》で、タカトに向《む》かってV《ブイ》サインをしていた。
さっきまでと変《か》わらない。
タカトの描《か》いた、ちび姿《すがた》のままだ。
タカトの描《えが》きだした剣《けん》も、すぐに色褪《いろあ》せて消《き》えてしまった。
（一瞬《いっしゅん》、姿《すがた》が変《か》わったように見《み》えたんだけど……気《き》のせいだったのかなあ……？）

## 7 二人《ふたり》めの仲間《なかま》

「はーっはっはっは！　さすが、オレ様《さま》だな！」

ウルファはえらそうに仁王立《におうだ》ちして、高笑《たかわら》いをひびかせている。

「**ケッケッケ**。画獣最強《がじゅうさいきょう》の戦士《せんし》が、猛虎《もうこ》なんかに負《ま》けるかっての！　なあ？　タカト！」

「は、はあ……」

（ウルファが戦《たたか》ってるのは、ぼくの自信《じしん》を守《まも》ろうとしてくれてるからだ……なんて、一瞬《いっしゅん》、思《おも》ったけど……）

これ、ちがうや。

たんに、**戦《たたか》って勝《か》ちたかった**だけだよね。うん。

タカトはがっくり、肩《かた》を落《お》とす。

高笑《たかわら》いするウルファのわきで、猛虎《もうこ》はあぐらをかいて座《すわ》りこんでいる。

ふらふらしていたのはすこしのあいだだけで、もう回復《かいふく》したみたいだ。

そういえば、ウルファの体《からだ》の色《いろ》も、もとにもどっている。

「スバル様《さま》。勝《か》つといっておきながら、申《もう》し訳《わけ》ございません……」

頭《あたま》を抱《かか》えこむ。

「というか、うっかり、楽《たの》しんでしまいました……。面目《めんぼく》ない……。武人《ぶじん》は、主君《しゅくん》のためにのみ戦《たたか》う。戦《たたか》いにワクワクするなど、もってのほかだというのに……」

「ケケッ。猛虎《もうこ》ってば、ノリノリだったくせによ～」

「こんなやつのペースにノセられるとは、情《なさ》けない……。申《もう》し訳《わけ》ありません、スバル様《さま》。猛省《もうせい》いたします……」

大柄《おおがら》な体《からだ》を縮《ちぢ》こまらせて、しゅんとしている。

「いや、もとはといえば、俺《おれ》が悪《わる》いんだし……」

「いや、ぼくの言《い》い方《かた》が、悪《わる》かったんだよう……」

おなじくしゅんとする、スバルとタカトだ。

顔《かお》を見合《みあ》わせ、

「ごめんな、絵上《えがみ》……」

「ごめんね、狩野《かのう》くん……」

二人《ふたり》で、あやまりあう。

あやまりあってる子《こ》どもたちの横《よこ》で、ウルファだけはニヤニヤと笑《わら》って、

「さーて！　**『負《ま》けた方《ほう》は、勝《か》った方《ほう》のいうことをなんでもきくこと』**だったよな～!?

なにきいてもらおっかな～!?」

「く、空気読《くうきよ》んでよウルファあ……」

「約束《やくそく》は約束《やくそく》だ。要求《ようきゅう》を聞《き》こう」猛虎《もうこ》がうなずく。

「ああ。いうことを聞《き》くよ」スバルもうなずく。

「ぼ、ぼく、もうそんなことといいよう……！」

タカトはあわててぶんぶん首《くび》を振《ふ》るのだけれど、

「なにしてもらおっかな～？　……よし、きめた！」

ウルファは、ピンと指《ゆび》をたてた。

「ちょっと、ウルファあっ！」

「**スバル。おまえ、タカトの友達《ともだち》になれ！**」

「と、友達《ともだち》……？」

スバルがきょとんと目《め》をまたたいた。

ウルファはうなずく。

「うちのマスターはこのとおり、しょうのねえやつだ。自分《じぶん》に自信《じしん》がないし、コミュ障《しょう》だし、そのくせ内弁慶《うちべんけい》で、サボり癖《ぐせ》があるときやがる」

いって、ジト目《め》でタカトを見《み》やる。

「そ、そこまでいうこと、ないじゃないかあ……。まあ、まちがってないけど……」

「いまのままじゃ、一人前《いちにんまえ》になるまで、どんだけかかるかわからねぇ。さっさと成長《せいちょう》してもらわねえと、オレが困《こま》る。で、てっとりばやくガキんちょを成長《せいちょう》させるには——」

いって、スバルを見《み》やった。

**「ガキんちょの仲間《なかま》をつくるのが、一番《いちばん》だ」**

「仲間《なかま》……」

タカトとスバルは、顔《かお》を見合《みあ》わせる。

「ユーリのやつといて、タカトは楽《たの》しく絵《え》を描《か》く気《き》になったみたいだ。おまえといっしょにいたら……**本気《ほんき》で描《か》けるようになると、オレは踏《ふ》んだ**」

ウルファはニヤッと笑《わら》ってつづける。

「そうして修業《しゅぎょう》を重《かさ》ねていけば、描《か》きなおせるようになるはずだ。**オレ様《さま》を真《しん》の姿《すがた》に——**

**《戦狼《せんろう》フェンリル》にな！**」

「え〜。いいじゃんか。いまの姿《すがた》のままでもさあ……」

タカトはくちびるをとがらせて。

スバルを見《み》やって、頭《あたま》をかいた。

「でも、狩野《かのう》くん。ぼくからもお願《ねが》い。ぼくも、狩野《かのう》くんみたいになりたい」

「………」

**「本気《ほんき》に、なってみたいんだ」**


**〝夢《ゆめ》を持《も》ちなさい〟**

大人《おとな》たちはよく言《い》うけれど、タカトは、ピンときたことがなかった。

タカトは自分《じぶん》に、自信《じしん》がない。

勉強《べんきょう》も運動《うんどう》もニガテだし、おもしろいことだってうまくいえない。

いつも教室《きょうしつ》のすみっこで、ひとりぼっちだった。

でも、絵《え》を描《か》いていたら、ひとりぼっちじゃなくなった。

仲間《なかま》がいっしょなら、なれるかもしれないって思《おも》うんだ。

**自信《じしん》を持《も》って、胸《むね》を張《は》れる自分《じぶん》に。**

好《す》きって気持《きも》ちを、楽《たの》しいって気持《きも》ちを、守《まも》れる自分《じぶん》になりたいんだ。

**「ぼくと友達《ともだち》になってよ！」**

タカトはいって、手《て》をさしだした。

「やなこった。友達《ともだち》なんて、なるもんか」

スバルは、ぷいっと顔《かお》をそむける。

ニヤリと笑《わら》って、手《て》を差《さ》しだした。

「なるなら、**ライバルだろうがよ！**」

◇◆◇　◇◆◇

「ったく。世話《せわ》の焼《や》けるマスターだぜ」

握手《あくしゅ》をかわす二人《ふたり》をみやって、ウルファはフフンと笑《わら》ったのだった。

# ぼくの最強《さいきょう》画獣《がじゅう》ずかん

何《なに》をもって
最強《さいきょう》とするかは、
人《ひと》それぞれです！

## ウルファ Urufa

本来《ほんらい》の名前《なまえ》　フェンリル

タイプ　人狼《じんろう》

ランク　C《シー》(本来《ほんらい》の姿《すがた》ならSS《エスエス》)

武器《ぶき》　ペロペロキャンディー
(元《もと》エクスカリバー)

必殺技《ひっさつわざ》　???????

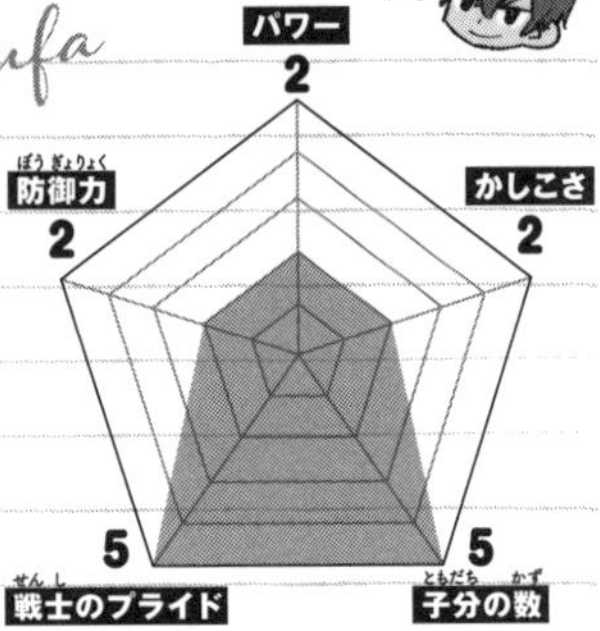


## 茶々丸《ちゃちゃまる》 Chacha maru

本来《ほんらい》の名前《なまえ》　アルミラージ

タイプ　一角《いっかく》うさぎ

ランク　C《シー》

武器《ぶき》　パンチンググローブ

必殺技《ひっさつわざ》　パンチでゴン

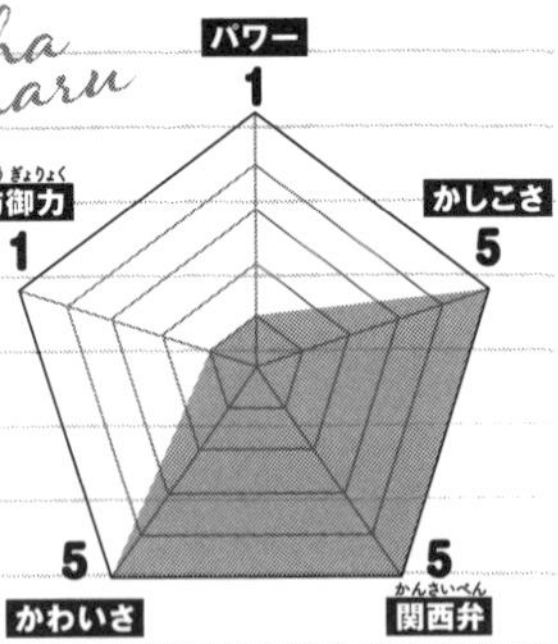


## 猛虎《もうこ》 Mouko

本来《ほんらい》の名前《なまえ》　猛虎《もうこ》

タイプ　人虎《じんこ》

ランク　A《エー》

武器《ぶき》　大刀《たち》

必殺技《ひっさつわざ》　猛虎硬破斬《もうここうはざん》

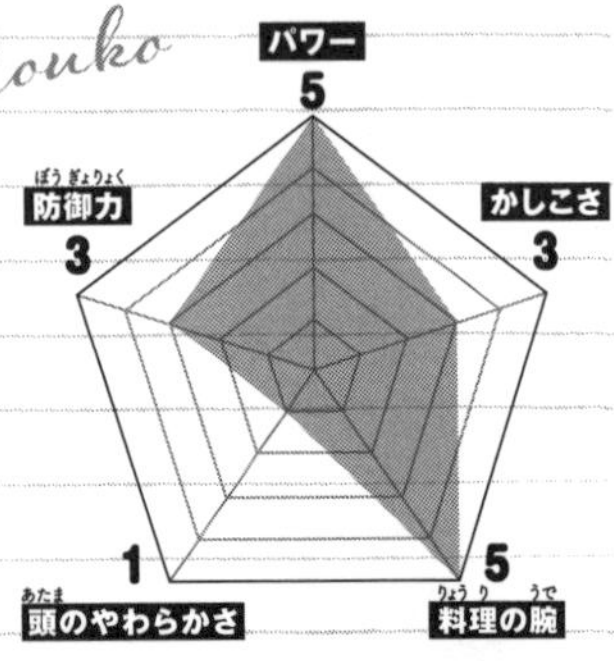

## エピローグ

# ぼくの
# 大《おお》きな夢《ゆめ》

KAMIESHI NO NOTE!

「また明日《あした》！　スバル！」

「また明日《あした》な。タカト！」

スバルと猛虎《もうこ》に見送《みおく》られ、タカトとウルファは狩野家《かのうけ》をでた。

スバルとは、ユーリも誘《さそ》って、今度《こんど》、絵画教室《かいがきょうしつ》にいく約束《やくそく》をした。とても楽《たの》しみだ。

夕暮《ゆうぐ》れの町《まち》なかを、二人《ふたり》つれだって、歩《ある》いていく。

「さっ！　さっさと帰《かえ》って、絵《え》の練習《れんしゅう》をしやがれ！」

「わかってるよう。ほんと、うるさいなあ～」

「さっき、いってたじゃねえか。『**本気《ほんき》に、なってみたいんだ（キリッ）**』ってよ」

「そんな口調《くちょう》でいってません～」

タカトは、足《あし》を止《と》めると。

がっくり、肩《かた》を落《お》とした。

「さっきは、ああいったけどさあ……。よく考《かんが》えたら、むずかしいよなあって……」

「**はあっ？**」

「だって、スバルは昔《むかし》から、努力《どりょく》してるしさあ……。ユーリだって、あんなにのめりこんで描《か》けるしさあ……。それにくらべると、ぼくなんてさあ……」

**「はああっ？」**

いじいじするタカトに、ウルファは口《くち》もとをひきつらせる。

「かなわない夢《ゆめ》、追《お》ってもっていうかさあ……。そりゃ、憧《あこが》れるけど、どうかなあってい うかさあ……」

「お、おまえなあ……！　**いじいじすんじゃねーッ！　〝本気《ほんき》〟はどうしたッ！　さっさとオレ様《さま》を、もとの姿《すがた》にもどしやがれええ～ッ！**」

「**うう～……**」

そのときだった。

歩《ある》いていく二人《ふたり》の、数《すう》メートル先《さき》に。

歩《あゆ》み出《で》てくる、人影《ひとかげ》があった。

まるで、春先《はるさき》に吹《ふ》く一陣《いちじん》の風《かぜ》みたいに、とつぜんに。

「**ひさしぶりだね！　タカト**」

「…………」

「なんだ？　タカト。知《し》り合《あ》いか？」

立《た》ち尽《つ》くしたタカトの横《よこ》で、ウルファがきょとんと首《くび》をひねる。

**女《おんな》の子《こ》だった。**

歳《とし》はタカトよりも、すこし上《うえ》だろう。

黒《くろ》いコートのフードをすっぽりとかぶり、大《おお》きなスケッチブックを、抱《だ》きしめるみたいに胸《むね》に抱《かか》えている。

タカトにほほえみかけた。

「いったじゃないか。**また会《あ》おうね！** と。わたしは約束《やくそく》を破《やぶ》らないよ」

あざやかなレッドの瞳《ひとみ》に、同色《どうしょく》の流《なが》れるような髪《かみ》。

ちょっぴりへんてこな言葉《ことば》づかい。

とおりすがりに、いきなり話《はな》しかけてきた。

あのときと、おなじように。

女《おんな》の子《こ》は、きょとんとしているウルファを見《み》やると。

宝石《ほうせき》みたいに、目《め》をキラキラさせた。

「フェンリルか！　ちびフェンリルだね！　タカトが描《か》いたんだね！　――**すてきだよ！**」

身《み》を乗《の》りだし、まじまじと、タカトとウルファを見《み》やる。

「きみたち二人《ふたり》、とてもいい！　やっぱり、わたし、**タカトの描《か》く絵《え》、大好《だいす》きだよ！**」

「……」「……」

タカトもウルファも、バカみたいに立《た》ち尽《つ》くしていた。

**〝すてきだよ〟**

**〝大好《だいす》きだよ〟**

言葉《ことば》が桜色《さくらいろ》の絵《え》の具《ぐ》になって、空気《くうき》をやわらかく染《そ》めあげていく……。

「いまのわたしの気持《きも》ち、**絵《え》に描《か》くよ！**」

と、女《おんな》の子《こ》は、抱《かか》えていたスケッチブックのページを広《ひろ》げた。

ペンを取《と》りだし、口笛《くちぶえ》を吹《ふ》きながら、さらさらっと、なにか描《か》きつける。天使《てんし》が舞《ま》い降《お》りたみたいに、かろやかに。

ページを切《き》り取《と》り、タカトに手渡《てわた》す。

「**いっしょになろうね、神絵師《かみえし》に！**――わたし、待《ま》ってるからね！　キミたちのこと！」

ぶんぶんと手《て》を振《ふ》り、去《さ》っていく。

「…………」「…………」

タカトもウルファも、あっけにとられていて。

気付《きづ》いたときには、もう、女《おんな》の子《こ》の姿《すがた》はなくなっている。

「な、なんだあ……？　あいつ――」

そのときだった。

二人《ふたり》は気付《きづ》いて、空《そら》を見上《みあ》げた。

**虹《にじ》がかかっていた。**

きれいな七色《なないろ》の虹《にじ》が、空《そら》いっぱいにかかってる。雨《あめ》も降《ふ》っていないのに。

女《おんな》の子《こ》に渡《わた》された、スケッチブックのページにも……虹《にじ》が描《か》かれている。

いま、空《そら》にかかっている虹《にじ》に、そっくりの。

「あ、あいつが描《か》いたのかよ？　この虹《にじ》……」

空《そら》にかかった透《す》きとおるような虹《にじ》を見上《みあ》げて、ウルファが声《こえ》をもらす。

「え、絵《え》って、こんなことまで、できるもんなの？　ウルファ……」

「い、いやあ……。ここまでは……」

ぼうぜんとしているタカトの横《よこ》で、ウルファもぼうぜんと立《た》ち尽《つ》くしている。

絵《え》〟

それは、文字《もじ》が生《う》まれるずっと前《まえ》から世界《せかい》にあったもの。

神様《かみさま》が人間《にんげん》にくれた言葉《ことば》。

その言葉《ことば》は、きっと……**世界《せかい》を変《か》える力《ちから》を持《も》っている。**

あちこちから、歓声《かんせい》が聞《き》こえてきた。

みんなが、空《そら》にかかった虹《にじ》を見上《みあ》げて、幸《しあわ》せそうにあげる笑《わら》い声《ごえ》だった。

その声《こえ》を聞《き》きながら。

タカトは、ぎゅっと、拳《こぶし》をにぎりしめるのだ。

決意《けつい》は固《かた》まった。

約束《やくそく》したから。女《おんな》の子《こ》と。

タカトは、虹《にじ》に向《む》かって腕《うで》をのばす。

「ウルフア。ぼく……**神絵師《かみえし》になるよ！**」

◇◆◇　◇◆◇　◇◆◇

こうしてタカトには、夢《ゆめ》ができた。
もっともっと絵《え》がうまくなって、いつか立派《りっぱ》な、〝神絵師《かみえし》〟になるっていう夢《ゆめ》。
でも……タカトは知《し》らない。
誤解《ごかい》してるのだ。
神絵師《かみえし》のことを、たんに、絵《え》がすごくうまい人《ひと》、くらいに思《おも》ってる。
一般人《いっぱんじん》のあいだでは、そうだろうけれど。
絵師《えし》たちの世界《せかい》では、ちがっていた。

それは、**すべての絵師《えし》たちの頂点《ちょうてん》に立《た》つ、その時代《じだい》にただ一人《ひとり》だけの存在《そんざい》を指《さ》す言葉《ことば》。**
まるで神様《かみさま》みたいに世界《せかい》を描《か》きだす……**伝説的《でんせつてき》な存在《そんざい》を指《さ》す言葉《ことば》なんだって。**

「よ～っし！　ぼくも立派《りっぱ》な、神絵師《かみえし》になるぞ～～っ‼」

自分《じぶん》が抱《いだ》いた夢《ゆめ》の大《おお》きさに、タカトが気《き》づくのは、もうちょっとあとのことになる。
でも、それはまた……べつのお話《はなし》。

# あとがき

あとがきから読《よ》んでるみんなのために、どんなお話《はなし》か紹介《しょうかい》するぞ！
この本《ほん》は、モンスターを描《えが》いて召喚《しょうかん》してしまった、小学生《しょうがくせい》の**タカト**（やる気《き》なし）と、タカトに描《えが》かれた、元《もと》・画獣最強《がじゅうさいきょう》の戦士《せんし》**ウルファ**（現《げん》・かわいいマスコット姿《すがた》）が、熱《あつ》い友情《ゆうじょう》タッグを組《く》んで、世界征服《せかいせいふく》をたくらむ**悪《あく》の魔王《まおう》**と戦《たたか》う物語《ものがたり》……ではなく！「さっさとオレ様《さま》を、もとのカッコイイ姿《すがた》に描《か》きなおしやがれ！」「やだ！絵《え》なんてもう描《か》かないもんね！」って、めっちゃ文句《もんく》を言《い》いあってる、そんなお話《はなし》です。

**おまえら、仲良《なかよ》くしろ!!**

本作《ほんさく》のアイデアが生《う》まれたのは、僕《ぼく》がまだ小説家《しょうせつか》としてデビューする前《まえ》のことでした。
「児童文庫《じどうぶんこ》かあ。子《こ》どもたちが楽《たの》しんで読《よ》むものって、どんなんだろう……？」考《かんが》えていたときに、ふと、子《こ》どものころ、自由帳《じゆうちょう》にいろんなキャラを描《か》いては、「こいつが強《つよ》い」「こいつの技《わざ》はこう」と、友達《ともだち》と語《かた》りあって遊《あそ》んでいたことを思《おも》いだし……『描《か》いた絵《え》がモンスターになる』というアイデアと、ウルファのキャラが生《う》まれたのでした。

とはいえ、形《かたち》にするには、当時《とうじ》の僕《ぼく》ではまだ実力不足《じつりょくぶそく》。ながらく眠《ねむ》らせていたのです。

でも、このごろ、夢《ゆめ》のなかにウルファが出《で》てきて、

「いつまでオレ様《さま》を眠《ねむ》らせておくつもりだ！　おまえもう、一人前《いちにんまえ》の小説家《しょうせつか》だろ!?」

「勇気《ゆうき》をだせ！　オレの活躍《かつやく》を――オレのカッコイイ姿《すがた》を、みんなに読《よ》ませてやれよッ!!」

叱咤《しった》され、一念発起《いちねんほっき》して、なんとか書《か》きあげることができたのでした。

ウルファ、ありがとう！　カッコイイ姿《すがた》には、意地《いじ》でもしてやらなかったよ！

最後《さいご》に、謝辞《しゃじ》を！　イラストレーターの布施龍太《ふせりゅうた》さん！　カッコかわいい画獣《がじゅう》たちや子《こ》どもたちのイラスト、ありがとうございました！　担当編集《たんとうへんしゅう》のM田さん、キミノベル編集《へんしゅう》部《ぶ》のみなさま！　むずかしい企画《きかく》を叶《かな》え、いっしょにすてきな本《ほん》に仕上《しあ》げていただき、ありがとうございました！　画獣《がじゅう》たちともども、大感謝《だいかんしゃ》!!

ということで、読者《どくしゃ》のみんな！　個性豊《こせいゆた》かな画獣《がじゅう》たちと、絵師《えし》の子《こ》どもたちとの凸凹《でこぼこ》な関係《かんけい》、楽《たの》しんでもらえるとうれしいぞ！　感想《かんそう》やファンレターも待《ま》ってるよ～!!

針《はり》とら

『神絵師《かみえし》のノート！』の感想《かんそう》を送《おく》ってね！

〒141-8210
東京都品川区西五反田3-5-8
ポプラ社　ポプラキミノベル編集部
針とら先生係

**作／針とら**

千葉県出身。累計100万部を突破した「絶望鬼ごっこ」(集英社みらい文庫) シリーズをはじめ、「小説 魔入りました！入間くん」(ポプラキミノベル／①〜⑥の文章担当)、「恐怖の帰り道」(学研) シリーズなどの著書がある。恋愛アンソロジー『ダメ恋？』(ポプラキミノベル) に短編を収録。子どものころ、ノートのすみについ描いてしまったラクガキはドラゴンクエストのスライム。

**絵／布施龍太**

イラストレーター、漫画家。ライトノベルのイラストやCAPCOMのキャラクターアートを多数手がけ、かっこいいイラストで人気を博す。イラストを担当した児童書に「モンスターハンター ストーリーズ」「白猫プロジェクト」(角川つばさ文庫) シリーズがある。子どものころ、ノートのすみについ描いてしまったラクガキはドラゴン。

奇跡の力ッッッ！　POPLAR KIMINOVEL

ポプラキミノベル (は-03-01)

**神絵師《かみえし》のノート！**

**絵《え》から生《う》まれたモンスター**

2025年3月　第1刷

作　針とら
絵　布施龍太
発行者　加藤裕樹
編　集　松田拓也
発行所　株式会社ポプラ社
〒141-8210　東京都品川区西五反田3-5-8
JR目黒MARCビル12階
ホームページ　www.kiminovel.jp
印刷・製本　中央精版印刷株式会社
ブックデザイン　神戸柚乃＋ベイブリッジ・スタジオ
フォーマットデザイン　next door design

この本は、主な本文書体に、ユニバーサルデザインフォント (フォントワークスUD明朝) を使用しています。


ISBN978-4-591-18550-6　N.D.C.913　206p　18cm

P8051127

ポプラキミノベル
レッツゴー！
まいぜんシスターズ
シリーズ累計《るいけい》
20万《まん》部《ぶ》突《とっ》破《ぱ》!!
石崎洋司／文
佐久間さのすけ／絵
©MAIZEN
1~5巻《かん》
好《こう》評《ひょう》発《はつ》売《ばい》中《ちゅう》！